阅美文

往事浮云现
沧海蝴蝶飞

城市紫衣 著

城市紫衣

西苑出版社

图书在版编目（CIP）数据

往事浮云现，沧海蝴蝶飞 / 城市紫衣著 .—北京：西苑出版社，2018.11

ISBN 978-7-5151-0674-8

Ⅰ. ①往… Ⅱ. ①城… Ⅲ. ①散文集—中国—当代 Ⅳ. ① I267

中国版本图书馆 CIP 数据核字（2018）第 239774 号

往事浮云现，沧海蝴蝶飞

WANGSHI FUYUN XIAN, CANGHAI HUDIE FEI

出 品 人　赵　晖
责任编辑　汪　莉
特约策划　凌　翔
责任印刷　陈爱华　严令升
责任校对　刘娟娟
封面设计　戴　敏
出版发行　西苑出版社 XIYUAN PUBLISHING HOUSE
通讯地址　北京市朝阳区和平街 11 区 37 号楼　邮政编码：100013
电　　话　010-88636419　传真：010-84281520
　　　　　E-mail：xiyuanpub@163.com
印　　刷　三河市金元印装有限公司
经　　销　全国新华书店
开　　本　710 × 1000 毫米　1/16
字　　数　160 千字
印　　张　13
版　　次　2019 年 1 月第 1 版
印　　次　2019 年 1 月第 1 次印刷
书　　号　ISBN 978-7-5151-0674-8
定　　价　49.80 元

往事浮云现，沧海蝴蝶飞

——写在前面的话

暮春时节，春风沉醉。

对于那些散落的文字，再次结集的念头如泥土里返青绽芽的小草，在心底暗生。这一次，距首本散文集《梧花满地》的出版相隔了二十年。当初整理那些文字时正值深秋，我即将成为母亲，产期临近。而现在，与那本书同时诞生的儿子，早已进入大学校园。

二十年后，对散文情深依旧，但不比豆蔻梢头的年华，有着大把可以挥洒的时光，专心用来写字。这二十年，终于看到儿子拔节成英挺少年，多少的辛苦都值得了。也把时间投身工作，爬格子二十余载寒暑，有些倦，有些累。

越来越健忘。这世上，或许也没有什么人和事非要让我们牵挂太久，往事不过如云烟。天行其道，人各有命。我倒希望自己老去的时候，坐在暖阳照拂的窗下打盹，复原成一张白纸，不着一字，一如新生婴儿般纯净透明。

将记忆放在文字里，那些文字不老。它们鲜活着，在每一个四季轮回的路口盛开。整理它们的时候，欢喜而感动。感恩岁月的馈赠，感恩文字留给的温暖。感恩它们，替我收留着这些年来的如花盛放的瞬间。一念又一念，曾如流星划过天际，曾如浮云飘荡在岁月里。一旦捕捉进文字里，它们便再也逃走不开，珠玉般闪亮，穿透岁月的尘霾与雾霭，镶嵌进生命的图册里。

这些天，陆续重拾旧作，深感自己不是一个勤奋的人。幸好，数载光阴仍有迹可循，浓缩成一本书是够了。然而，即便有百分之百的文字，也不可能倾囊示人。注定有些文字，只能长锁箱底。

当初开博客的雨夜，首篇敲下这样一段话：

> 城市紫衣。这是用了许多年的笔名了。想想，就用它吧。老名字如同老朋友一样难以舍弃，如同经常穿着的那件旧而绵软的睡衣，它的气息，全是关于你一个人的秘密。
>
> 许久没有动笔。不是不想写，而是懒惰。或许在众多朋友相继开博之后终于动摇了那颗坚执的心，在这一刻，午夜零点32分的雨声里，孤寂的暗夜一灯如豆。多久没有在这么晚睡去？那些激扬文字彻夜难眠的时光，何时已被我置于营营役役的日子之外？
>
> 无论如何，还是建一个博客吧，记录下那些陪伴经年的文字，

好使它们不再流散遗失。

往事浮云现，沧海蝴蝶飞。

自此，在这里烹茶煮酒，扫庭迎客，闭门造车。

也许你们都睡去了，但是窗外的雷声滚滚，好一场淋漓酣畅的雨。回头，才惊觉雨滴顺着纱窗而下，打湿了木地板。这是一个难忘的午夜。

城市紫衣于凌晨

是啊，往事浮云现，沧海蝴蝶飞。

还用老笔名，城市紫衣。

但踌躇的是这本书要给它赋予一个什么样的名字呢？朋友说，你的文字里有那么多好题目，随便找一个就可以。可，个性鲜明的它或它，谁可以概括这13万字？

温阅文稿的深夜，整理出一辑又一辑。常常在想，自己居然写过这么多风花雪月的文字。那些或激越或薄凉的语句，那些翱翔的月光之羽，如烟花盛放在夜空。它们算严格意义上的散文吗？好像不是。但散文又是什么？这些所思，所感，所悟，甚至臆想的故事，都滋长于一个人心底的沃土，和我的脉动息息契合。我最喜欢的，居然是我写就的爱情故事。它们远离现实，却最可恣意妄为，爱得酣畅，痛得淋漓。我格外心疼它们一些。

我的读者，大多都隐在市井里，他们混迹在红尘纷杂的碌碌凡俗的日子里。他们不知道城市紫衣是谁，我也不知道他们是谁。我们之间几乎没有交流。但我知道，他们在看着我，读着我。我专注地给当地的一张报纸写了近二十年的文字，不时更换笔名，飘忽不定。常常能听到编辑给我随意讲起的那些探听打问。不必知道我是谁，我如是回答。一个书写者，注定是孤寂冷清的。何须频繁出现在人前，何须以师者的面貌甚至是优越的姿态接受注视。何况在人群里，我可能只是个行色匆匆急着赶回家做饭的女人；在孩子的眼里，是个唠叨笨拙、智商偏低的母亲；在同事眼里，也可能是冷面古板又苛责的工作狂人。

欲辩已忘言。

当年拼却醉颜红。

而现在，只将激情与梦想自现实里收起，灌溉进文字的沧海桑田。它们在字里行间越发茁壮到葱茏馥郁。

有生的日子，不会放弃写字。

为自己写出一片连绵的森林吧，我将忘忧地，舒展地，在这绿意掩映的辽阔清凉里飞翔。

这是我的家园。

目　录

第三辑　去时陌上花似锦

第四辑　焚身之舞

第五辑　如是我评

第六辑　谁是你的牵绊

第七辑　翱翔之翼

第一辑 寂寞妖语

流泪的方式

也就是在那一刻喜欢上了刘若英。

当朱军问她，在想什么，她说在想第二天国宴上会吃什么，引来一阵善意的哄笑。后来朱军又问她，最想对养育她长大的奶奶说点什么，她又说：不要担心了，我会养你的。憨憨的样子很实在地回答着问题。在《艺术人生》里，真的是看多了朱军煽情的本事，像郭凯敏那样在风浪里摔打几十年的人都会哽咽到长久说不出话来，而刘若英就那么轻松地兵来将挡、水来土掩，剑剑无招胜有招，自始至终在微笑，其中的挫败恐怕只有朱军体会最深。

其实我知道刘若英心中一定有痛，她的童年又怎能快乐？父母离异的阴影，怎能不跟随着刘若英成长的历程。她印象中是奶奶带着她去买铅笔，挑一挑什么花色，还要闻一闻有没有水果香味。她在我生命中是蛮重要的一个人，她这样轻描淡写地说她的奶奶，我却不能轻描淡写地听。刘若英的智慧在于她混沌的样子，心中五味俱全，脸上波澜不惊。反而让我为张瑜什么的难过，英雄末路也好，江河日下也好，怎么这么多年还是无法淡定着笑对往事？也许哭也是一种表演吧，顺着朱军的引领，索性配合一次，借个台阶，发泄一回。人生又有几回可以让你哭泣的舞台？

可刘若英不。她警惕着，在你路口飞鸿掠影，就像一只鸟在猎人的枪口下过分轻松地逃生。可能她更相信眼泪具有珍贵和私密的成分，在大众面前坦陈伤口，结果更多的或许是满足了集体的一种窥视欲。我是这么想的，因为我也常看《艺术人生》，看他们在朱军的循循善诱下情绪不能自持，几乎有种恶作剧的味道。当感动成为一种定式，我越来越为那些坐在台上的人悲哀。

不过我倒更愿意相信另外一种落泪的方式，那是夜深人静时换到了吉林电视台的一个叫作《回家》的节目，它制作上的精美和无雕琢的叙述，在夜里带给我更多的触动。那一期节目采访的是虹影，对于这个作家，我知道的不多，仅限于她的特立独行。静谧的夜里我听着她一个人坐在那里娓娓道来。她的生父生下了她却不养她，她的养父养育了她却一生没有亲近她的心。她一直都在渴望把自己交给一个男人，一个父亲般的情人。她的养父临终前对她说了三句话，虹影的声音很低也很快，有着一种南方女子的水润，她说他告诉她不要去在乎别人说你什么，不要把你的钱轻易给你不应该给的人，只有你自己才能照顾好你自己。也就是在那个时候，虹影的面容潮湿了，她用手指拂去了痕迹……我注意到了她左颊上一条竖的伤疤，不管那是什么原因造成的，这个女人的伤却是铭刻的，我突然开始喜欢上了虹影，有了急切想看《饥饿的女儿》的愿望，夜深人静时分为面前这样一个女巫般蛊惑幽深的女人心痛不已。

以前也是不知道刘若英的。后来在别人的办公室听到电脑里放着一种呢呢喃喃的歌声，低低的辗转诉说，打字员告诉我这是刘若英的歌。“想要问问你敢不敢，像我这样为爱痴狂”，没有歇斯底里，没有悲哀绝望，传入耳内的只是这样的一种低吟浅唱……直到朱军问她怕不怕老，她说好怕，她怕她会心如止水，她怕她会失去热情，她怕等待死亡的滋味……我知道她最后终于肯把这些话说出来了。不再是《粉红女郎》中那个幼稚的痴心妄想的结婚狂，提到爱时也是淡淡的。或许刘若英真的会为爱痴狂，但恐怕她是不会为爱而去做粉身碎骨的事情，这是对亲人的安慰，也是对自己的保护，而不是表演给大众看，用生命换取最后一次谢幕的烟花璀璨。

虹影走得坚强，刘若英的路还长。不管我喜欢的女人用怎样的方式流泪，面容上滑落的还是心底里奔流的，我都不希望再有。

夏日探戈

这个北方的夏，漫长到让人心如死灰，一点，一点，在蝉的鸣声中昏昏睡去，失去知觉。白晃晃的光无遮无拦，穿透软弱可欺的衣衫，要给所有的肌肤换涂上浓墨重彩，热切火爆地出场。

人群足足等待了一整天，太阳最后一点垂暮的时刻，它的霸气已无大碍，潮水般迅速覆盖了整个可以回旋转身扑腾玩乐的场地。家，已是夏的初夜里要尽早逃离的樊笼。

有探戈的舞声传来。

隔着这人声鼎沸，隔着这万丈红尘。探戈的舞声叩响我日渐疏离的心。在这恍惚的盛夏，我想起来，跳探戈的经年，青葱般植在岁月的岸边。

如泣如诉，如怨如慕。《*Por Una Cabeza*》的曲子，十几年了，依然震颤着倾听者的心弦。

有人说它是男权的舞。你看那转身折合聚散，女子的一双纤纤高跟的鞋子，步步紧随，亦舞亦趋，全在那挺胸收腹傲然沉静男子的一只手中盘旋。它向左，向右，霸道地拉她近前，决然地推她远离，然后，在激越的片刻停顿里，最终将她揽入怀中。

她，就这样，转瞬的惊疑，转瞬的忘情，转瞬的幽怨，化作转瞬的迷醉，将身如蝶般轻倚在那只操纵的臂上。随时，等待振翅飞起。

喜欢探戈的女子，藏着一颗桀骜不驯的心，在探戈里与男人争斗，激流暗潜，亦爱亦恨，亦敌亦友。男人的粗野与优雅、女人的妖冶与温情，夸张而完美地统一，宛如水与火排斥又纠缠，冬与夏对峙却相惜相怜。征服与反叛，逃离与控制，出走与牵扯，现实与梦想之间。探戈，舞尽了百般滋味。

阿根廷的博尔赫斯说：我们关于探戈已经辩论很久，并且还会争论下去。但是，探戈像守卫着所有真相般守卫着一个秘密。

探戈，我喜欢它，还因了它的绝不拖沓。转身，回眸，甩头，前行，铿锵有力，执迷不悔。一想到这里，也便想起那痛恨的另一种来。

那暧昧绵软少气没力的慢四。它是任何男子都可以揽过素不相识女子的腰，不需要磨合默契，亦不管是否会跳，舞技如何，都可以轻浮地晃动着做貌似亲密缠绵的姿态。

那种舞，常常看着反胃，而偏偏它就格外普及。大抵因为简单到白痴都会实践，也大抵是因为它暧昧得不清不楚，竟然能无端就拉近男女的身体距离。

这不能不让人感到悲哀。世间最可贵的，到哪里才能找得到《滚滚红尘》里韶华与能才共舞的夜晚。她赤脚踩着他的鞋尖，挽着他的颈，眼睛半闭，一任披肩的流苏微微摇曳。那是真正的郎情妾意时分。那么在电影之外，共舞的我们是谁？究竟是高估了彼此的关系，还是低估了慢四的初衷？

探戈的手风琴、小提琴声在闷热的夜风里盘旋，驱散我梦魇般的夏日慵懒。有人这样形容探戈的曲声："亮丽音域的相互断裂、交叉和连接，缓慢澄清的叙述和激昂飞快的欢呼并存，孤冷忧伤的意象与淋漓旋转的情感与共"，感觉实在妙极。浓酽的盛夏，与激越的探戈，倒是般配得很。

为什么她是东方不败

纸上的江湖里，雪泥鸿爪，曾有多少片羽纷飞。那些璨若星辰的名字，英雄势如虹，豪气贯长空。

却在江湖的波心之外，迄今发生的最真切的感动，来自一个不是主角的人物。

她，一袭红衣漫卷，远远地立于孤峰之巅。圆月的清辉下，身影寂寥。那眼神，坚定又迷离，伤感又倔强。

她远不是金庸笔下浓墨重彩的一位。可她的气场，让女一号无法望其项背。

她是编剧于正笔下的，那几乎颠覆了原著精神的日月神教教主。这一次，她不再是悲情自宫的须眉男，她是毋庸置疑的女儿身。

她终可以抛却了断背山，热烈地恋爱上一场了。

装扮成男子的女儿身，权倾江湖，执掌生死，翻手云来覆手雨。

她是武林人士心中的魔头？噩梦？蛇蝎？毒药？

却独独，面对他，不是这个样子，那是在所爱的人面前——

泻下的青丝万千。

绽放的如花欢靥。

流出的心痛珠泪。

轻启的蜜语甜言。

那是她不愿掩饰也无法隐藏的女儿态。

乃至于，他根本无法相信，怀中佳人，就是那个江湖中可怕可憎的传说——

他是东方不败。

她叫东方不败！

狂傲霸气的女皇，却可一瞬间化冰为水，化作那婉约缠绵的眼儿媚，涅槃重生的绕指柔。彼一时还在高处不胜寒，此一刻却低到尘埃里。

在她心中，侠是什么？义是什么？野心是什么？霸业是什么？也许面对所爱，这一切都可以不再需要答案。

近期一首《红尘客栈》正在传唱，描摹的恰似一幕武侠剧。那是方文山操刀的歌词：

“封刀隐没在寻常人家，东篱下，闲云，野鹤，古刹……任武林谁领风骚，我却只为你折腰。檐下，窗棂斜映枝桠；与你，席地对坐饮茶。我以工笔画将你牢牢地记下……”

这是多么美好的一厢情愿。

我们对于江湖的臆想，对于那些厌倦了厮杀打拼的侠者，让他们就这样淡出江湖，退隐山林，该有多好。身边有红袖添香，不枉那如花美眷，似水流年！

可是，东方不败等不来这样的幸福。

纵然，她愿意为他放弃这绝世武功、江湖霸业，他就肯接纳她了吗？

他说，东方姑娘一直在他心中。如果，人生若只如初见。如果，他不知道她真实的身份，他们的世界里哪还有任盈盈的一足之地？

可，为什么她是东方不败？

又为什么，她爱上的是这样的男子？

在江湖的侠义世界里，令狐冲免不了俗。他再放荡不羁，仍然怀揣着正邪不两立的信念。

世人不能容她，他亦不能容她。因为她是——东方不败。所以，这个令狐冲倒让人有点厌了。

在金庸的笔下小生中，唯有杨过，只有杨过，才算得一等一的侠之风流。只有他，最恣意妄为，最率真率性，最敢爱敢恨，最痴情不悔。孤傲，狂狷，风姿独立。

令狐少侠，不过是个纠结的二流人物罢了。

而这样的人物，其实配不上一流的女主角。

"天地有情尽白发，人间无意了沧桑"——这是青霞版的东方不败，面对沧海横流惊涛怒卷，发出的喟然长叹。

二十年后的银幕。那个曾在他的口中被唤作东方白的姑娘，在戏的末尾，竟然选择不再做她的教主了。

她甘受他穿胸一剑，偿还了所有的旧情与孽缘。她以心以命，换那人与另一个女子的执手偕老。

作别了江湖，作别了所爱。一袭红衣，就此沉睡在冰湖之底。放手与释怀，是她留给世人最骄傲的背影。

从此，世上再无东方不败……

又见新衣

从夜的窗口望出去，雪不知何时开始了寂寞又喧闹的舞蹈。明天的城市，将迎来这个冬季里最炫目的景致。春节已指日可期，鞭炮一天响于一天。

又该是添置新衣的时候了。过去的年月里，最热衷于此事，向来不惜代价，有时可以专程上北京，进省会，全然不在乎旅途劳顿，只为穿上身的那一刻美丽的心情。近两年来因为初为人母，奔忙于家和单位之间，有两个春节几乎蓬头垢面而过，不知不觉间已淡忘了旧日情怀。而今天，在一个难得闲暇的午后，我跑上大街重温旧梦。一家家的时装店试过去，穿穿脱脱之间，心底便暗流涌动了。那些已收藏在箱底的旧身影又摇曳而来，粉的，红的，绿的，白的……

老话说，衣不如新，人不如旧。但我还是认为朋友更像人生路上的驿站，一路走下来，一段有一段的同行者。倒是那些已逝岁月里的新衣恰似我的故交，否则为什么我一一珍存不曾丢弃。那是风采岁月的见证，每一件新衣都是昔日一颗最为璀璨的珍珠，串联起来成为时光中一段华美无比的项链。想起它们，一首忧伤至美的诗句，就又挥之不去唱响耳畔：三生石上旧精魂……

它来自苏东坡的《僧圆泽传》。那是一个让人动容的故事：唐代洛阳惠林寺中，修行的居士李源与住持圆泽禅师为好友。他们相约共游四川名山，圆泽意走陆路，李源却执意水路。遂走水路。当溯水途中遇见一汲水妇人，圆泽才垂泪对李源说："我当为之子，因为不肯来，她怀孕三载未产，今无可逃。十三年后，中秋月夜，杭州天竺寺外，当与公相见。"圆泽死后十三年，李源不远千里来赴约。闻葛洪川畔有圆泽转世的牧童歌曰：

"三生石上旧精魂，赏月吟风莫要论。惭愧情人远相访，此身虽异性长存。李公真信士，然俗缘未尽，慎勿相近……"遂在"身前身后事茫茫……"的歌声中不知去向。

这个故事，这些诗句，多年来像一棵青翠的树，深植在我心田温柔的沃土中。"它写朋友的真情，写人的本性，写生命的精魂，历经两世而不改变……"（台湾作家林清玄语）。它们注定成为我记忆中最感人的篇章。自从为人妻，为人母，就生出了恍如隔世的沧桑。容颜上时常带出严冷的表情，多少心境已翻天覆地，那些过去年代里的新衣衫，随我走过了一个又一个有雪或无雪的年，那是一个女子四季更迭中最美的绽放与展示，那一天里，她化最艳丽的妆，穿最漂亮的衣裙，洋溢最满足的心情。过去是，现在是，将来也是。它们该是我的三生石吧，验证着那颗情志如一的女儿心。

黄昏来了，纷飞迷蒙的雪影掩不住繁华的节前盛景，时装店前的霓虹灯还是那样照耀闪烁在眼里心间。红尘万丈，总会让人有一些时候迷失了自己的来处。

然而，我还是要放下那美得经不起揉搓的新衣，脱下那亭亭高跟的鞋子，带着陶醉的笑意去抚摸亲吻一张柔嫩的小脸。我想终有一天，我会给他打开衣橱，讲起一个女人生命中如影随形的霓裳羽衣梦。

依偎在孤独的胸膛前

很多时候，人会浸泡在孤独的浓液里。

纵然相爱，纵然相拥，纵然呼朋唤友，纵然声色犬马，总有曲终人散的一刻，总有黯然转身的瞬间。烟花飘散，落地成灰，唯有孤独在路的尽头等你。

你终归要直面自己，一个人，无可替代。

孤独用无边的寂静包裹住你。一如最忠实追随着的一条老犬，眼巴巴地趴望在你的膝头。或者是一个赶也赶不走的无赖，用蛮力紧搂你在怀，让你挣脱不掉。

面对孤独，有的人恐惧逃避，有的人被动承受，有的人却甘之如饴。

那个叫张爱玲的女子，在投靠孤独前，她喧嚣地盛放着，艳丽、浓烈、恣意，骄傲地宣称“出名要趁早”。她穿着宝蓝色的绸袄裤，和所爱的人站在高层公寓的阳台前，身后是装饰华贵的房间，脚下是大上海的电车当当地来去。

可是，当旧欢已成往事，历史的车轮裹挟着铺天盖地的口号和标语席卷而来，她选择避世远遁。

前往大洋彼岸的她，孑然一身。

没人知道她心中所想所悟，但她却如同再世投胎，彻底地和前半生断了瓜葛。娇矜，洁癖，连同人生中的艳色，她全抛弃了。

她只要留白，大片大朵无边的白。

在柏克莱大学中国研究中心供职期间，甚至在美国的生活，直到人生的末路，她都成了一个隐形人。“张爱玲爱上了苦行僧一样的生活，并且因此而上瘾。”（祝勇《非典型面孔》）

助手尊重她的习性，为了尽可能回避见面，往往在她下午快上班时分，先躲到一旁去。人们几乎看不到她的身影，但只闻窸窸窣窣一阵脚步声，走廊上留下了淡淡粉香，表示她已进入自己的办公室了。

她轻易不开口，不交朋友，不打电话，不开门会客。仅有的交流止于书信，亦仅限一两位老友。

她陷入了无边际的孤独中。

生命之烛燃尽后，人们打开了她的房门。

家里像雪洞一样白亮亮的，墙上没有一丝装饰。没有书桌，甚至没有书，房顶上只有一盏白炽灯泡。

简单到至净，放弃到决绝。

孤独就这样陪伴着她，霸占着她，封闭着她，与她相依为命，反而让她不再孤单了。

她的后半生，如同一个谜。被巨大的孤独幕布隔绝得近乎密不透风，任世人怎么看也看不清楚。而她，又何须别人明白呢？

如我等凡俗之人，如何能炼化出这样一颗超脱的心，空净到不带走一粒尘埃？恐实在太难，或者也无现世的必要。这份孤独，到底是带着惊世骇俗的意味，让人心生悲凉。

但是，一个肯接近孤独的人，一个不排斥孤独的人，离自己应该不远。人生，烟云笼罩，繁花迷眼，我们是否勇于抛却，偶尔走回自己偏安一隅的天地？

能自照，能自省，永远离不开孤独，哪怕只是片刻。

只是能回来，也要能出去的好。

拜物神教之 LV 包

在腾讯《大家》上看到新开一专栏名曰拜物神教。

意外之喜，心有戚戚焉。自觉把自己划归到教派里去，虽说功夫尚不达东方不败之境界，想来段位也绝不可能偏低。如果将身边亲友同事划圈，该教派设个分舵，我怎么着也得坐个副教主之位。

但今天我得遇大神。《大家》是观点较为新锐的网络杂志，除去第一时间跳将出来嚼各种新闻娱乐事件的舌头，这还是我至今发现的第一篇和恋物僻有关的宝文，拜物神教成员在品评名包 LV——《攒一年的钱，买只 LV 去挤地铁》。她的意思是这种挖苦很不公平，这种做法其实也无不可。这是给没钱却钟情奢侈品的妹子翻案的评说，我却信服了。所有看不起拎 LV 的人，尤其不屑于那种节衣缩食也要攒钱拥有 LV 包包的人，不过是没明白它的魅力所在罢了。

买不起是一回事。我也买不起，但我肯说我心向往之，尤其是在听了作者小绿桑的卖力推荐后。你以为拎款 LV 就是炫耀？打住，现如今大都市的女性不少人已越过了浅薄的初级阶段。看看北京的街头，地铁公交上人如潮涌，每人都忙着奔向各自的目的地，人人心事重重，谁注意谁的行头？谁有闲情打量挤在身旁的陌生人？无论你穿小摊上的便宜货，还是着名贵华服，都一样可以目不斜视，平起平坐。至于拎一款什么样的包包，完全是取悦于主人自己。

小绿桑告诉我们，LV 品牌的包包是奢侈品里的忠厚地道型。它皮实，颜色不跳脱，百搭衣服。它耐用，做工精致，不需你精心呵护，供奉在头顶。即便在地铁里玩命地挤蹭，它也一样不劳你担忧心疼。它经典，一只包用旧了，也一样不掉价。售后永远为它敞开怀抱，各种零配件一应俱全，明码标价，可以将它修复得齐齐整整。一只包包，可以传承，堪如那颗永流传的钻石，奶奶拿过，送给妈妈，妈妈也照旧可以送给儿媳妇。不再崭新的 LV 有种岁月浸润的幽美气质，它原有的颜色随着光阴的流逝会演变成一种蜜蜡的色泽，散发着流年的神秘光韵。甚至于越旧越趋芳华绝代，因为它的款式世间再难觅见。这世上有一些高级别的拜物神教教徒，专门高价搜集珍藏 LV 的经典老包。

一下子就喜欢上这个栏目，喜欢上小绿桑的率性。拜物至此，也是造化修行极深。没有本钱享有体验奢侈品的道行，没有能说尽心中喜爱的文笔，是绝做不成这个栏目教主的。这样一款高端的品牌，曾因山寨货而在国内渐渐名声恶俗。拿它用它者众，却少有为它掏心窝子正名的人，少有如此惺惺相惜明白它到底好在哪里的闺密。在国内很多愿意拥有它的人，甚至拿着明知的赝品招摇过市的人，一部分难说不是爱它赋予的身份象征，拿它来炫富，来招惹羡慕嫉妒恨，她们未必觉出这是一件什么可心可意的玩意。可是，它制造出世的初衷，原本是要配给那些最平淡待它的女人，那些不经意地把它携在身边的，随手拎来随手放，用着顺手，所以选择它常伴身侧的，便如带着它去挤地铁的女子们。它原本就不该附带其他功能，只不过是一只用着熨帖经得起折腾的包包而已。

在想，是不是自己也发狠一次，买只 LV 感受一二细腻之情？想来时机成熟会实现。还有什么比拥有一件品质卓越的物品更开心的？我们一直在尝试，扔下不少金钱，换来不少的教训，多少的物品徒具其表，枉担虚名，一分价钱一分货的推断也不尽然。有这样的拜物神教大神们亲身推介，少走多少弯路啊。你喜欢，便可引为知己同道，你不苟同，自可一笑走开。

孤城·简爱

婀娜曼妙的背影，闪现招摇在灯火通明的城市。那是这座孤城盛开的娇蕊。缺了这些花朵，城市的夜将一瞬间死于枯萎。

其实，她们也已枯萎，但秘密是少人破解的，因为枯萎的只是心，不是容颜。青春，正无敌。

《将爱情进行到底》里，总有这样不断反复掠过的景：夜幕垂落，城市开始由呆板坚硬的陆地下陷为柔软欢娱的海洋。白领的女主人公，每每于这样的时刻驾车游走于城市，车窗里晃动着用塑料袋吊着的金鱼，自由吗？它们的空间只是一个透明塑料袋里的一掬清水。不自由吗？那些小生灵畅快地舞动着美丽的尾，在狭小的家园里自得其乐，欲望远比蜷在车里寂寞无处徘徊的人儿要简单得多。

她或像她一样的女子，解除了白昼的武装，还原了女儿的媚态，角色开始混淆不明，孤傲的公主，乞爱的女人，高跟鞋脆响于夜的长街，张扬的裙裾逶迤牵扯着目光。在酒吧或者网络里混迹，便如鱼之相忘于江湖。

一些所谓的心绪，无法释放，压得心生疼。而夜在掩护，鼓励冒险和冲动。那些碰撞擦出的火星，照亮浓夜里绽放的玫瑰。或许那些最为含糊而真切的表情，滚落而成的粉腮珠泪，才算得上是娇蕊真正的风华绝代时分。

孤城之夜，欲望漂浮在海上，上演一出出悲欢之戏，盛开一场场的烟花，绚烂之后破灭。两个偶然相遇的人随风聚，随风散，或许过了今夜走完今生都没有再见面的机会。明天的阳光下，她的笑容灿烂蓬勃，宛若一朵茁壮的向日葵。今晚的灯光下，她的笑容诡异而迷醉，像极了一只美艳折翅的蝴蝶。如果谁痴了醉了，想要给她一世的枷锁，只会看到她惊鸿飞去。

其实，她们谁也不渴望依赖，她们特立独行，自食其力，是精神强大的一群女子。安全感是一个太老土的词汇，她们只要在这孤独城市拥挤的人群所游离的心灵外，寻找一种至为简单的爱情，它的前提是自由。

自己和自己谈恋爱

女人，很多的时候自己和自己纠缠。在年轮一圈又一圈的逼仄紧缚里，她们会有两个极端——不是倾泻破堤恨不能把来世的话也预支尽了，就是自某一时刻闭上嘴巴，从此惜字如金，三缄其口。

这喋喋不休的前者乍看倒是繁华的盛景，却仍然是寂寞闹的。美人迟暮，远离了情与爱的中心，被迫挤在昏暗的角落，她好怕受冷落的滋味。于是，不间断的话语助长了她的底气，变成了那根与人群连接的救命草。她抹腻腻的粉，涂亮亮的唇，哪里人多往哪里去。从没有一个时刻她如此热衷过社交活动。图个灯红酒绿，图个今朝有酒今朝醉，图个不被冷落不被忘却。与男子打情骂俏眉来眼去亦偶尔为之，倒不是真要去做那枝红杏，到底是藏着一颗不甘的心。

她在自己和自己谈恋爱，方向是向外，需要听众和观众。既然大势已去，芳华刹那，那么就让青春重新从嘴巴里长出来吧，声势浩大地怀旧吧。讲讲过去的事情，怀揣着嫉妒蔑视青年，让他们的种种劣迹反复嚼在舌头上，品一品，应该有酸梅子的味道。

还是费些笔墨说说这哑了的后者吧。有可能受了什么挫败刺激，她就此厌了世，噤了声。但更有另一种可能是，她以前说得太多，却慢慢发现说话是一种负累，她自此更加爱惜了自己，不用后浪的推赶，她就遁了形。

人世短短几十年，争什么急什么，就这样发发呆，把身体放舒服，安静地坐好，喝上一杯茶，想做什么就做些什么，无人喝彩也罢，人生是自己的，到这时才知道不是演给别人看的。只要是自己喜欢的，就好。那“出名要趁早”的张爱玲，在四十岁之前傲过，爱过，痛过，美丽过，却自此后从繁华的高处走下，甘愿做一朵低到尘埃里的花，不被人知地一个人老去。她再也不需要观众。

这是另一种和自己恋爱的方式，方向是向内。我的一个女友变卖了城里的所有，拥有了一栋靠海的房子。只为清晨推开窗户，就可以看到海，嗅到咸腥的海风。夜晚在满天的繁星下，枕着寂寞的涛声睡去。那应该是一种神秘的窃喜，只属于自己。

如果女人有勇气独对寂寞，享受孤独，直面岁月的斑驳和流逝，和自己谈一场后者的恋爱，那么她的精神已足够强大，心灵也足够丰盈。

谁的新年不释怀

流水不随人愿，自有它的去向。

时光，就这样一意孤行，哗啦啦地穿过万水千山。于悬崖之上，纵身一跃。

别怕，下面并非万丈深渊。

更多的时候，你睁眼醒来，可能和杨过一样，会看到茅屋，炊烟，薄翼上镌字的蜜蜂。甚至，还有一别经年容颜未改的恋人。

这一刻，是新年。

年前，追一部剧——《遇见爱情的利先生》，冲着周冬雨和陈晓看的。前几集初尝微甘，却和大多数人一样掉进泥潭。没完没了地好了分，分了合，合了再分。如果没有个强大的神经，只怕要被虐疯。腾讯视频里一片骂声。

幸好，在大年三十，大团圆结局来了。

坏人终于醒悟，立地放刀，痛哭悔恨当初。所有的恩怨都化解，所有的心结都释然，所有的误会全消解，曾经的拒绝终接纳，失散的亲人始相认。被折磨千百遍的爱侣相顾一笑，再也不用又吼又哭又闹了。而反复被蹂躏的我们，也终于可以如释重负，解恨了，心软了，原谅了，放下了。

那么，好好过年吧。

年，意味着什么？

回乡，迢迢万里路。前几天，一个姑娘换乘了 8 次，行程 4746 公里，才终于回到大山深处的家。在踏进家门的那一刻，迎上亲人期盼的双眼，久违的乡音一声轻唤……多少的奔波与辛苦都值了。

回家，团圆，一起吃顿年夜饭，一起说说笑笑看场春晚。或者，举家飞往风景秀丽的异乡，去往蓝天碧海的南方。晒晒久违的太阳，也晒晒热闹的朋友圈。

我的幸福要让你们看见。

虽说长大成人之后，我们并不再对新年有热切的期盼，可是，年，依然会在三十的暮色中悄然走近，在满天满地的鞭炮声中宣告来临。

万家灯火亮了起来。大街上，从没有如此静谧无人。

热气腾腾的饭菜正在出锅，白胖胖的水饺翻滚在沸水里，尚且康健的父母高堂坐在沙发上，可爱调皮的孩子们还是不知愁滋味的少年郎，他们已拔节出落得人模人样。

家，有忙碌的人影在进进出出，有喧闹的电视节目在热火朝天，有叮咚的短信声此起彼伏，有出其不意的红包转瞬即逝。

就是这样。在这饱和的亲情中，在这温暖寒夜里，一切，都温柔得不真实，像一个梦。在梦中睡去或者醒来，一颗心就柔软了下来，安定了下来。

所有的左突右冲不见了，所有的坚硬与包裹褪去了。

这一年，也许你曾困境重重，也许你曾苦求不得，也许你曾伤痛难言。

然而，新年来了。

流浪的孩子，你回到家了。

时光在悬崖边纵身一跃，万物都又柳暗花明。

与往事干杯。与生活和解。与梦想牵手。与执念释怀。

你在，梦在。

你在，远方在。

你在，万事可从头再来。

第二辑　浅吟低唱

林花谢了春红

似乎有一年没有提笔，竟越拖越怠，是江郎之颓，抑或厚积之蕴？

日子静水深流。随波漂下，不费吹灰之力。偶一回头，你已与往事隔了阔水迢递，彼岸永难抵达。不动声色的日子碾轧，无时不在发生着细微的改变，绝决地一意孤行着。比如，眼角一条细纹爬了出来，体内的某个部位在一点点耗蚀，挥汗健身后的脂肪悄然融解。

你的肉眼看不到。一颗心，也在颠来倒去中锤炼，在坚硬与柔软的轮回里往返，却是渐渐轻盈澄明起来。也许人生修行到最后，便是那句——你来或者不来，我都在这里。默然，相遇；寂静，欢喜。

一　伴枕书

没有文字落纸的闲暇，读来的书也填充着流年光阴。在城市每一个灯光混浊的夜晚，文字恰如皎皎月光，清辉倾覆床头，洒落心头。

亦舒的作品，我在少女时代便看过不少，但每个年龄段都有彼时的理解与吸收。那时满眼看到的，不外乎爱情和繁华。大抵亦舒文字的吸引力，当时于我而言，远不及三毛的洒脱浓烈，不及席慕蓉的忧伤清远。中年再读亦舒，竟是五味杂陈。这时读者和作者的年龄接近，看到的不再是爱情，甚至于已没有了爱情，更多的是青春与金钱的交换，是女人的觉悟，是可怕的冷静与冷眼。

一个穿梭在都市丛林里的香港女人，借了言情的袍子，裹住了一具嶙峋的骨架，她只有一张美艳的脸。仅看书名，《开到荼蘼》《阿修罗》《忽而今复》《胭脂》《蔷薇泡沫》，像极了展柜里瓶身妖娆的香水，诱着你接近着去嗅。但其实书中的每一个女主角，都是大都会里的人精，狐狸精。无情，智慧，冷艳，算计，冰凉。即便有爱，也必要让你见到一堆燃后的灰烬，掐灭那点幻想。大学里那个比尔纳梵教授怎么样？在女主角的眼里，宛如男神炫目，喝黑咖啡，抽烟斗，生活整洁，教学严谨，对家庭负责，对学生呵护。最后，亦不过沦为一个狼狈末路的老男人。一段师生恋，她痴缠的结局竟是“她在街上看见外国男人，心惊肉跳，怕是他寻她到香港来，吓个半死”。喜宝说什么——“一个女人身边有钱，态度与气派永远高贵”。余生她拿着百万元直版钞票，一叠叠在手中拍打，像人家玩扑克牌。亦舒手里像拿着解剖刀，刀刀下去，割肉不流血。没有痛感，有的是凛冽的风声过耳。是的，读她，我只感到了凛冽。

张爱玲自有张爱玲的卓然风姿。在文字里，她是主宰，转接腾挪，亦是凌波微步，透着世俗的精明与心机在里面。现实里的她不善交际，不喜言谈，她把要思要想的，全部融进一个个字里去。在那些简洁的文字面前，你不得不打起精神，调高自己的智商、情商。也不得不硬着心肠，在旧上海潮湿逼仄的里弄里，在绮罗绸缎的箱底霉味中，遍尝世态炎凉。

又读了不少 80 后的作品，以女作家居多。《致我们终将逝去的青春》让我深陷一回对青春的回忆与怅惘。我首先被这部电影感动，接下来在网上找到小说，用了好几个晚上细读。辛夷坞的文笔聪慧，温暖，贴心而又凛冽，有时带着冷幽默和小狡黠，是故有时会心一笑。我摘录下辛夷坞一段又一段的文字，贴到微博上随时观鉴——“慢慢地，电话也少了，终于归于沉寂，就像我们的一颗心，曾经火热地揣在胸膛里，滚烫得无处安放，急不可待地找人分享这温度，从没想过它也有一天会冷却，冷到我们只得自己抱紧自己，小心翼翼，唯恐连这仅有的暖意也守不住。”

还有一段时间迷恋在一部电视连续剧里，那是由李小冉和钟汉良主演的《来不及说我爱你》。尽管片子的拍摄场景有些小瑕疵，但掩盖不了一出生死之恋的余音绕梁。随后，我阅读了这部匪我思存原名为《碧甃沉》的小说。一段情跨越数载仍鲜活疼痛，一个人历经数载还在心尖尖。劫后余生的残年，蓦然回首，发现他还活着。这历经了万重山水的岁月，怎不叫人惆怅难解？

《甄嬛传》先在网上火起来的时候，我读到了它。几乎无法表达我对作者流潋紫的欣赏叹服之情，她操纵如此繁杂的宫斗故事，枝枝蔓蔓，竟如纤纤素手织锦线般，不疾不徐，冷静悠然，步步惊心步步稳妥，织出个花团锦簇的经典之作来。最难忘的章节，大概是甄嬛带发修行在甘露寺，与六王爷的邂逅，从缘起到缘灭。那段文字不惜笔墨，用无数的人景物借力，描绘出一幅如世外仙山的画面，绝美恬静。缥缈峰别院的清凉台，甘露寺凌云峰的两间禅房，山下长河边饮水的白马，月光，红烛，小雪。清凌凌的河水，静夜里的泛舟，神仙眷侣十指相扣，朝朝暮暮。夜渐凉，秋深霜露重，桂花树下，琴萧吹奏长相思。温润如玉的清河王。陌上花初开。面对后来的突变和回宫，知道相爱的两人永不可能再复合，面对最美的时光，此情此景，唯有一句“但愿长醉不愿醒”来加倍流连与沉醉。

二　身边人

去岁中秋之前，还没见到这一年的月圆，老父走了。他告别了他牵挂的一切，临终一刻，合上双眼，却在眼角，流下最后两颗泪来。

对于父亲年轻时的印象是浅淡的，作为办公室主任，似乎他永远有忙不完的工作，每天很晚回家，被母亲埋怨数落。他夜里伏案挑灯写材料，早晨书桌旁的地上，总是横陈着无数个皱巴巴的纸团。

早年的他，在女儿的眼里，是粗暴的，严苛的，爱发脾气、爱训人，那时候，我们都怕他，没事不往他跟前去，躲他像老鼠躲猫似的。

倒是近了晚年，父亲慈祥起来，把他在我们童年时欠的疼爱与呵护，连本带利地偿还了他的外孙。儿子小时候往幼儿园的接送，他几乎全部承包了下来。早晨小外孙赖着不走，非要在床上再看一集动画片，这个姥爷总是笑眯眯的，没半分急躁之意。儿子有时住在父母家，他的伙食就全靠父亲了。他变戏法般在厨房张罗，哄着那挑食的小家伙吃饭，也从未见过厌烦。每晚临睡前，儿子来了胃口，他大喊着姥爷，我要吃方便面。已经躺下的父亲便起身，煮上一碗热气腾腾的面加一个荷包蛋，端到小家伙的面前，还要慢声细语地讲着故事，一勺勺地喂进去。白天陪着儿子玩扑克牌，且只能输不能赢，否则必会惹来一阵赖皮的哭闹。甚至为了逗小外孙开心，父亲还会扮些搞怪模样，让儿子前仰后合。这是我们姐妹从父亲那儿从未享受过的待遇，私底下议论，感慨着父亲性情的改变，佐证着隔辈亲的论据。在父亲走后，一次和已上高中的儿子聊到父亲，说到父亲当年的粗线条，和对我们的严肃冷淡，儿子摇头质疑。他的姥爷，大概是他心目中最慈祥和蔼的老人了。

晚年的父亲日益啰唆，事无巨细，操心更多。大妹的房子，小妹的身体，外孙的学业，我的工作，母亲的行踪，都是他关心琢磨的对象，一点小事经常会坐立不安，耿耿在怀。为此，没少挨我和妹妹的训斥。

这便是轮回吧，当年和晚年，来了个对调。有几次，母亲外出没有带手机，很久或很晚还没回来。父亲便给我们挨个打电话：“你妈去哪儿了？”我们便劝他耐心等一等，应该不会有什么事的。但是他过了不到十分钟，还是会打电话来，逼着我们去找。往往我才下楼，或者才发动了车，他的电话就过来了：“你妈回来了。”

自三年前查出癌症之后，他从不安到淡定，已无时不做好要走的准备。一次次地往北京确诊，拿方案，尽管日益消瘦，但都还能健步来去。在化疗后的最后一年，他明显地不行了。人坐在沙发上，只看到有一颗大脑袋，眼睛无神而向外凸出，下面还挂着两个大眼袋，胳膊上的皮松垮垮地搭在骨头上，整个人已脱了形。再后来，他一天多数歪在床上，除了上卫生间，几乎不再动了。儿子过去看他，呼唤姥爷，他的头很缓慢地转过来，眼睛也昏花浑浊异常。再后来，合并脑血栓，说话也含混不明。

但父亲却是什么事都清楚的。生命最后的陪床，我们听他呜呜啊啊说了不少嘱托，一半能领会精神，一半父亲只能干着急瞪眼了。总归还是孩子们，还有母亲，他放不下，那么多的事情的走向与结局，他在未来看不到了。合上双眼的那一刻，父亲泪落人间，永远凝固了他一生的牵挂与遗憾。

三　此山中

风雨初停，纷扰骤歇。

未曾想，这样的静谧突降我身。

去年岁末，工作突现转机。熬心焦虑的四年半，职业道路没有预兆地可以拐弯，一扇新窗兀自打开。迟疑，欣喜，留恋……告别旧生涯，无论苦累痛，依然万般难割舍。只跟随了十多年的旧物品，旧办公室，办公桌，用了几天时间才腾理归整出来。该弃的，不该弃的，大部分不可以再追随我而去。

迈步履新，竟自不能适应。电话不再纷扰，事务不再缠身，神经不再紧张，内心不再忙乱。

人生，岂可安闲？或者，就这般安闲。日久，也会习惯。

“试上高峰窥皓月，偶开天眼觑红尘，可怜身是眼中人。”茫茫人世，不确定的转折点都在何处潜伏着呢，有谁可洞察天机？渺小如草芥的我，唯愿爱在当下，享受当下，握住初秋清明如水的时光，让它以最慢的速度，从我的指缝间流走。

何妨吟啸且徐行

曾经一度，把这句宋词作为QQ的签名档。居然字字刻骨入心，激励我一路行走或匍匐，把自己假想成蓑衣竹杖的高士，隐于庙堂，没在草莽。

越来越喜欢苏东坡。但凡在岁月深处，浮躁与淡定纠缠，你若得遇苏东坡，那是幸事。他往往如一轮明月升起在暗影幢幢的密林间，倏忽醇香拂面，心境澄明，恬梦骤至，海阔天空。

洋洋宋词里，曾经几度移情。豆蔻梢头，那是李清照的“云中谁寄锦书来，雁字回时，月满西楼”；那是“梧桐更兼细雨，到黄昏点点滴滴”；那是“少年不识愁滋味，为赋新词强说愁”。及后，流连在柳永的“千里烟波，暮霭沉沉楚天阔。多情自古伤离别”的迷离意境，更别说晏几道的“从别后，忆相逢。几回魂梦与君同”的蚀骨情痴了。

那是少年，那是青春，那是轻狂岁月里的词文与诗篇。繁华，铺排，隆重，张扬，唯恐埋没了才情，绝不肯独自悄然绽放与凋零。

初喜东坡，是在二十多年前的冬天。在京客居读书，和学姐应邀去天津拜访故交。萧瑟的冬日寒夜，小酒馆里四人围坐，锅底炭火正旺，把酒言欢。那是唯一一次与《散文》杂志主编贾宝泉先生的会晤。贾先生带来著作《境花词》相赠，扉页上寥寥数字的简介里，居然就特意以《定风波》自勉。同样地，我第一次认真沉入地将苏东坡的词句朗朗读来，竟觉得通透淋漓，豪情冲天。一时沉醉其中，惊为天籁。

自此，浩瀚词篇中，婉约的低迷缠绵如雾散去。清亮亮的月光下，那位旷世奇才现身在我眼前，捻髯微笑，吟啸徐行，翩然来去。他的背影，他的世界，令人神往无限。

走近东坡之后，才发现研究苏轼者众多，著文立书不计其数。自然，这样一位伟大的才子，值得后人大书特书。似乎研究者格外关注苏轼谪居黄州的时光，那是他文学创作的分水岭。于近期细读过余秋雨先生的《苏东坡突围》，极赞同文中对苏轼文风的看法：到黄州的他是觉悟了的他，与以前的苏东坡是两个人。余先生不愧当代文豪，他这样激情四溢地形容苏轼的成熟："……勃郁的豪情发过了酵，尖利的山风收住了劲，湍急的细流汇成了湖，结果——引导惊世杰作的前奏已经鸣响，一道神秘的天光射向黄州，《念奴娇·赤壁怀古》和前后《赤壁赋》马上就要产生。"

是的，名不见经传的黄州因一位千古奇才的驻足停留，诞生了传世名篇，如一枚惊雷乍响在阴柔之风盛行的北宋词坛，振聋发聩，惊世骇俗。"乱石穿空，惊涛拍岸，卷起千堆雪……"

从"乌台诗案"中逃得一命的苏东坡，在黄州谪居，与渔樵为伍，混迹江湖，前所未有的亲近着大自然的一山一水，一花一草。大自然点化了苏轼，再配上世间少有的才情，九百多年备受瞩目的黄州词篇喷薄而出。车中有儿子所学的历代美文的 CD，常将其锁定在《赤壁赋》上，念及："驾一叶之扁舟，举匏樽以相属。寄蜉蝣于天地，渺沧海之一粟。哀吾生之须臾，羡长江之无穷。挟飞仙以遨游，抱明月而长终……"妙句连珠，层叠不断。母子二人相顾惊叹，每每叫绝。

苏东坡在黄州留下的词作史称有百余篇，占去一生作品的四分之一。宋神宗元丰五年，贬谪黄州后的第三个春天，他创作了《定风波》。虽不是所有词篇中的巅峰之作，却是光芒万丈，普照千年。

有友欲赐墨宝，我只求一阙《定风波》。而今它悬挂在办公室的墙上，每有人问及不熟字词，我必先趁机再吟哦一次，口留余香，铿锵顿挫，似心神放马驰骋：

> 莫听穿林打叶声，何妨吟啸且徐行。竹杖芒鞋轻胜马，谁怕？一蓑烟雨任平生。料峭春风吹酒醒，微冷，山头斜照却相迎。回首向来萧瑟处，归去，也无风雨也无晴。

每吟心里都赞叹，怎么写得那么好。人生苦难深重，却旷达若斯。

“达则兼济天下，穷则独善其身”。苏东坡之所以为人敬仰，就在于他超越常人的达观与洒脱。顺境里他不跋扈，逆境里他不消沉，得势时他不害人，失势时他不媚人。富有时一掷千金，落魄时躬耕田垄。自得其乐，发自内心。东坡先生可谓深谙顺生之道，深得禅心赤纯。

历史的烟霭里，那千古风流的奇才，一袭蓑衣，竹杖芒鞋，背后是夕阳，前面是青山。他且歌且行，吟啸向前。走成千古不曾褪色的画卷，走成我等沧桑人生中化蛹为蝶的那棵郁郁葱茏的菩提树。

咖啡焦虑时光

门忽而被推开，事情不可预测，随风潜入。

时间，切割成若干碎块，如海滩上一尾尾徒劳挣扎的鱼，一点点晒干。

文件纸张盘踞桌前，横亘心间。

铃声随时惊破愣神的瞬间。有什么扑棱扑棱地飞走了。顺着电话线，依然也能感觉到一脸的落尘。

沉沉地坐在电脑前，一如深陷在泥沼里。

手指机械性地点击，以最快餐化的形式。

一些熟悉的网站，一些浮云神马的花边，一些聚聚散散的悲欢。匆匆掠过，不过是飞鸿踏雪泥。

面无表情。听晨钟暮鼓。貌若入定老僧，实则意难平。

焦虑无处不在。

还有一些文字没有成形。胚胎般期期艾艾横躺在角落里，已被蛛网纠缠。

还有一些计划等待实现。船只一样搁浅在乱石旁，海风呼啸，徒劳地穿过新新旧旧的孔洞。

还有一些目标尚待达成。那片果林一直是摇曳眼前的风景，个个饱满多汁，却润泽不了你干渴的唇齿。

有人、有事在固执地等你，它们是你栽下的因。

而倏忽间，你就坐在了日光流走的废墟里。黄昏从不曾邀约，早早地来叩你的窗。

懒散，是风烟即起前的序曲。不动，不思，宁愿想象成高手出招前的低调。情绪酝酿得已足够绵长发酵。

不管你愿意或不愿意，你无处可逃，必须接招。

饮品，是抚慰焦虑的良药。

然而，白水总是难以下咽。除了茶，更多的时候只剩下咖啡相伴唇边。

总是它，还能蒸腾着袅袅的香气，弥散慵懒的味道。那种在此刻和我的焦虑不合拍的气息甜蜜颓废，被我捧在手心里。

温暖，甚至滚烫，从指尖到掌心，再到鼻翼，抵心头。不觉间，那些揪紧的褶皱一寸寸地，缓缓放平和舒展开来。

浅啜一口，万千的军马就后撤了千里。再一口，滚滚的狼烟就消散不见。

转而来，是江南三月的迷离雨，是草长莺飞的四月天。

竟是这样地好。人生难得几回醉，浮生偷得半日闲。

偷偷地想，咖啡是我的鸦片吗？那就再来一杯吧。这瘾，不戒也罢。

某一日，和闺密小聚。她就在我的面前，指间燃起了一支烟，很老练的样子。

那一刻，我心里的砖瓦哗啦啦地倒塌了一大片。在与焦虑的如影随形里，她成了烟的俘虏。

而我，宁愿天天啜着那些反式脂肪酸，也不要这浓烈的沉沦。

从来对烟没有好感，尤其一个女子，她选择了香烟，在我看来，就像选择了叛逆和不羁，放弃了温婉的性情和清淡的口味，选择了一种与生活掰扯开的对立，冷眼，旁观，孤寂，决绝，铁了心不回头。而烟对于男人则不同，烟更像他入世合群的通行证，他借此走向人群。而她则由此走进了自己。

在与焦虑的抗争中，咖啡是自卫，自卫过后还是暮霭沉沉楚天阔，但是，你可能获得了某种力量前行。烟是反击，吞吐出一个更加密实的围墙，别人走不进来，此中人也不易走出去。

有机会，我想劝她戒烟的。如我这般顺生些，妥协些，不好吗？

一杯咖啡已饮尽。白茫茫的雾霭散去，城池座座现眼前，貌若并不难取。披挂装备得当，拍马上阵而去。

女人看水浒

《水浒传》中处处张扬的是男权。即便有几个星星点缀的女性配角，也不过是母夜叉、母大虫，听名字就起鸡皮疙瘩，想来一个比一个粗壮难看，雄激素比雌激素分泌得还要多。

就是有一个美丽的有名有姓的女人，那也是“天下第一淫妇”潘金莲，祸水红颜，被武都头拎着头发“咔嚓”一声给杀了。再一个是阎婆惜，忿不过及时雨的道貌岸然假正经，和那姓张的小白脸暗度陈仓，还要挟宋公明，亦是“罪有应得”。

书中的女人不是河东狮，就是贪贱淫了。难怪我身边的女性能把《红楼梦》翻烂，硬是碰都不碰一下《水浒传》，整个一个宠弃分明。但是这也不是说《水浒传》就只能是男人阅读的专利了，电视剧《水浒传》上演时我是每集不落，钉在沙发上眼珠都错不开。先生打趣道：“别看你外表文弱，若生在那个年代，一不留神你还能造反当个女土匪呢！”

看水浒，喜欢的人物都在前三十回，武松、林冲、鲁智深。武松的魅力来自他的“情”，但他的情让我困惑。无情焉？他对兄长骨肉亲情情深似海，甘拿生命作赌报仇怨，爱得深重，恨得淋漓。西门庆被摔死在武松的脚下，替我都出了一口恶气。有情焉？不说他对妩媚撩人的嫂夫人视若无睹，那是正气凛然人品高尚，然而离开阳谷县之后直到上得梁山，一去经年，这个热血男儿就果真没有七情六欲、儿女情长？我把《水浒传》从头到尾翻了一遍，愣是没有寻到他哪怕一丝“绯闻”来，难免泄气，武松很烦女人吗？应该说武松的心有冷暖的两面，亲人在时它是一盆火炭，亲人逝去时它熄灭化转成一块坚硬的石头。早期祝延平演过武松，近期是青年演员丁海峰，就格外地喜欢后者。在我的心底，武二郎大抵就是这般模样吧。

相比而言，林冲的出场倒是因了一个“情”字的牵扯。夺妻之恨，恩爱佳偶阴阳两界；白虎堂蒙冤，八十万禁军教头一夜之间成了阶下囚；山神庙风雪茫茫千里追杀，冲天火光中劫后余生。林冲一夜之间看破了红尘。他是带着对皇帝老儿及其政权最深切的痛恨毅然决然上的梁山。至此林冲的情是死了，心如止水也好，心若死灰也罢，反正林冲是真正彻底地饮过了它的辛酸滋味了。我心中的林冲，应该是有着玉树临风的倜傥风流，谁与争锋的孤傲卓然。但是，电视剧中演员的扮相让我很是失望。好在如今那屏幕影像已远去，心中的画像依然风采动人。

喜欢鲁智深，是因为他的那份孩童般的纯净澄明，那份憨直和顽勇，而又不似李逵那般愚忠于宋公明。他是个大智若愚的人，特别是最后，他的结局是走向大悟，了却了功名与尘缘，立地成佛，是很完美的。

提到人生的结局，还要再提武松单臂生擒方腊的无敌无畏，他是对得起他的宋江哥哥了。断臂的英雄选择一人留下，残阳下目送一百零八个兄弟浴血沙场之后的悲壮还朝。在武松独守孤寺的残年里，大部分的英魂已飘零四海，钱塘江夜夜不息的潮水拍击着他在岁月中日渐冷却黯淡的心，能否有一个“情”字掠过行者的心头？多少前尘，恍若一梦……

水浒是一场悲剧。一群失败英雄的命运总免不了打动女人。但是，除了上述几位（或许还要再带上燕青）人物外，其他好汉对我来说就没什么感觉了。坐交椅的，出主意的，耍枪的，打鱼的，不论是丑陋的、英俊的、年轻的、年老的，好像都是些男子阵营中铁打的冷面孔。“妻子岂应关大计，英雄无奈是多情”，连与这古时虽对女人地位贬低还尚有“情”在内的混诗都相差千里，也就难怪不讨女人欢心了。

我身骑白马走三关，一心只想王宝钏

我身骑白马走三关
我改换素衣回中原
放下西凉没人管
我一心只想王宝钏

任性和挥霍大概是我这样子的。听一首歌，反反复复，耳朵也未觉厌烦。

元旦假期，有大把的时间可以用来虚度。在接近跨年的零点，江苏卫视新年音乐会都快看到审美疲倦了。李宗盛、周华健都出来了，李宇春够帅，蔡依林也够卖力，薛之谦的声线和林志玲的身材都好性感。

无数的好声音，此起彼伏激荡着午夜的长空。

新年就要来了。这时候上来的一个歌手，头发寸短，面目英气，却似乎雌雄难辨。

没有炫目的热舞，没有前呼后拥的陪衬，他或者她，就那样孤单落寞地站在台上，只拿了一个麦克风。冷漠得更像一个贴近零点的过渡符号。

然而，空灵悠远的歌声就突然飘出来了。

我身骑白马走三关
我改换素衣回中原
放下西凉 没人管
我一心只想王宝钏

我定格在沙发上。我能说这就是所谓的余音绕梁吗？这就是所谓的怦然心动吗？

余音袅袅落下，我却只想给他鼓一次掌，这一晚上作为观众，属于我的唯一的一次鼓掌。

纵然有那么多大明星在闪耀，可我觉得，这一晚上只有他，如流星璀璨，唱得惊艳。

一听倾心。

睡眠先被搁置下来，一场网络搜索开始了。

原来，他就是周深。我前段时间手机里下载的《大鱼海棠》的主题歌，也是出自他口。

也才翻出蒙面唱将的视频来。一袭蓝裙，面罩遮挡。开嗓如天籁，举座皆心惊。

歌唤《身骑白马》。我听遍了吉克隽逸、黄晓琥、张含韵，甚至是原唱徐佳莹，统统都在周深这里，落了败。

看评论，很多人恰是因为他的演绎，才注意并钟情了此曲。看来它的走红全因周深，一个长相周正体型单薄的青年。

我竟知道得这样晚。

那段闽南语是全歌的高潮吧，我相信很多人喜欢这首歌，一定和我一样，全因了这段副歌。你听，一个男唱的女声，却比任何真正女子演绎得都好。我在听到它的一瞬间，内心崩溃柔软得一塌糊涂。

柔肠百转也罢，千娇百媚也罢，不过是首歌曲，但又似乎不是。一段戏文，被他唱出了无比地任性，纵情。你看到了吗？那个男人，因为爱和思念，纵马飞奔，不管不顾。

谁也拦不住我。想当年，我身骑白马踏平关山，打下江山，而今我功成名就，却脱下皇袍，改换素衣，重回中原。先放下西梁，不去管它，怀揣着王宝钏的血书，才知道十八年寒暑，原来她还在寒窑里等我。还有，我听说她要改嫁给那个一直暗恋她的男人了，这怎么能行呢？

爱屋及乌。补习了闽南语歌仔戏《薛平贵与王宝钏》。唱词全是七个字，唱起来婉转软糯，似乎和京剧、河北梆子等相比起来，难度低了不少。

却一样阳春白雪，缠绵情痴。

相府的花园里，青年龙虎才俊，中意了王家的两位小姐，当场招赘做婿。

唯有最娇美的宝钏，却对流宿墙边的平贵另眼相看，心生爱慕。

踏遍长街寻花郎。彩楼抛球相亲，从此缔结白首盟。归来，一方寒窑相守。

他征兵出战，一走，十八年。她挖野菜穿粗衣，苦等，十八年。

还好这是一场大团圆结局，不是一场春闺梦。另一场有名的戏里，那个新婚就被夫君做别的娇妻，梦里思念的人，已是无定河边雪中掩埋的一把白骨了。

而王宝钏，却还能等来一个飞黄腾达的夫君。这样最好。雾霾锁城的岁末，我决定和一切虐心的故事隔绝。

我身骑白马走三关
我改换素衣回中原
放下西凉没人管
我一心只想王宝钏

今晚，且沉醉在呢喃歌声里，给耳朵一场情话。我身骑白马走三关，我一心只想王宝钏……

青春做伴好还乡

我们醒得最早、睡得最晚、压力最大、心里最累的孩子们，在今天终于可以，放下那根绷得过度的神经，睡上最安心的一觉了。不过据我的经验而言，聚结过头的重压一旦获准释放，还颇有些不适与狐疑之惑，一梦醒来，恐怕还要拧一拧自己的皮肉方能确信这一刻的真正降临。

还好，一夜过后的温度略有下降，天色阴霾，道不尽说不清喜与悲、得与失的复杂心境。昨天火炙油煎，今天四大皆空。命运的弧线早在两天内完成了它的定局。一个孩子的人生，从这一刻，始尝起落沉浮。也从这一刻起，他们开始成长成熟了吧。

清晨送儿子上学去，在沁河北岸那条窄窄的小道上，远远地就看到车辆拥堵不前。都是些什么人，有着怎样急迫的心，在八点不到的清晨就上演告别的溃散？

打开的后备厢，塞进一捆捆残破卷页的书籍，车窗外挤过拎着行李卷的木讷身影。他们大都还没脱下洗得白旧的校服，还没来得及收拾打扮，就像还没有收拾好心情要迎接另一场开始一样，要尽快做完这最后的扫尾工作，然后撤退。那些收藏起来的激情与活力，留待在这个盛夏里慢慢恢复。

附小二年级的儿子放了四天假，美滋滋地玩耍在他的无忧童年，那些和他在一个校门同吃同住的高三师哥师姐在这几天里所经历的人生洗礼，于他是那样地遥不可及。昨天，高考的最后一个下午，公公要带着儿子前去探看他在三中考试的大孙子，也就是儿子那复读一年重进考场的十八岁堂哥。儿子一口回绝了，彼时他正在玩他新迷上的星火轮，像这个城市大多数的小孩子一样，脚底闪着流光，从人们身旁得意地滑过。对他而言，高考远不如游戏更重要。

网上的书友会在这个季节，倾力推销着一本叫《那年夏天，我们一起毕业》的小说。我觉得，在这个才结束又开始的夏天，哭泣也带着喜悦的味道。感伤是成年人的事情，十八岁，就待洗去沾染了灰的胭脂，青春做伴好还乡，去家乡，去他乡，去往应该去的地方。

清水净瓶插绿竹

最近听广播，说到岳飞为什么必须死，秦桧为什么必须活。

我把对它的理解换成自己的语言应该是这样的：良将之死并非是他非要迎接徽钦二帝归来，史料里记载他是知道其中利害的，并没有在赵构面前犯这么低级的错误。真正导致他被杀的原因是其手中骇人的兵权。自接手韩世忠的军队之后，岳家军数量达举国兵力的七分之五重，这成为天子赵构寝食难安的忧心事。

赵构不怕奸相佞臣，料朝堂之上他们翻不起大风浪。他怕的是兵权在握的忠勇之将，他怕有朝一日岳飞也被兄弟们怂恿着另立山头，黄袍加身。当年高祖赵匡胤的先例是赵构心头挥之不去的阴影。

对于一个坐在皇位上的人，便是如同坐在了针毡上，无日不深深恐惧着周围对这宝座的觊觎。来自幻想中权臣的威胁远比来自金国侵扰的威胁更猛烈。皇帝如芒在背的时候，岳飞正欲踏破贺兰山阙，绝无意交出兵权。欲饮匈奴血餐胡虏肉的将军，军事才能了得，在政治上却没有一点敏感性。

来自后方的杀机已深伏，他唯有一死安君心。

害掉忠臣良将要如何面对世人的苛责？于是，必须有人出来挡箭。秦桧，至今和王氏的石像长跪岳飞庙前，时时被世人唾弃。可他如若得不到赵构的默许示意，又岂敢对当世名将下手。现人都逐渐理智，越来越觉得秦桧不过是皇上赵构的替罪羊罢了，背万世之骂名，脱帝王之困境。再往上溯，赵构又能如何？孤家寡人，高处不胜寒，一把龙椅，有你没我，哪还有人之常情、天伦之乐、弟兄情谊可言？你必须变得心如铁石，才有可能安然坐在那里。

这种论调放在多年前，我大概是很难接受的，我愿意相信非黑即白的世界，非忠即奸的古人。我同情弱者，痛恨一切手段狠辣蛇蝎心肠的坏人。岳飞是我心中神一样的完美存在，秦桧在我的心中是多么地不可能被谅解。

但是现在，我神色淡然，心中的那把尺子已悄然适时涨缩。我也突然理解了桐华小说《云中歌》里的刘病已。纵然贫贱夫妻恩爱，纵然与云歌兄妹情深，纵然屡得她的恩惠应当以涌泉相报，但一旦坐上皇位，跟皇权相比，还有什么不能舍弃，还有什么恩情需要顾念？云歌腹中的先帝遗孤必须一死，再曾经患难与共的糟糠之妻，忤逆圣意也只有冰冷的白绫、死寂的深宫可以等待。

彼时我读毕小说后，许久不能自解心头郁结，难以应对那最初的美好纯净在权力的争斗与阴谋下，变得如此支离破碎，残缺颠覆。当思维越来越理智，情感却是越来越推拒。虽然我已如此年纪，却还是对那些丑恶、残忍、虐心的复杂情节不忍直视。

我愿意选择绕行，执意取我所爱。便如在一众纷繁的影视与小说中，从不去碰婆媳大战，财产争夺，夫妻反目，阴谋宫斗……一切虚幻的，非现实的，浪漫主义的，便差不多是我的菜了，可以端上桌来一品。言情的，武打的，奇幻的，便如金庸之作，魔戒之流，百年孤独，冰与火之歌……带着我万水千山七界八荒地翱翔，让我的双脚站不到地面。我秉持的论调是：生活本已一地鸡毛，我们为什么还要格外地踏上一脚?

让朋友们取笑的是，我居然曾经担任过几年的办公室主任一角。当然，彼时我尽心尽力，还算是忠诚奋勇的革命战士。他们搞不懂我是如何在鸡毛蒜皮里穿越飞翔的，如搞不懂我是如何在多年公文与散文的风格里自由转换的。这是个疑案，我有假装神秘与深沉的权利。

大部分的玄幻小说里有结界这个名词，便如花千骨之类，大家也普及得不少。结界这东西，肉眼看不到，身处其中之人却是知晓。你不得近身，撞到结界只能被弹开。透明的结界将其中之人环护在内，便如扣在一个坚实的玻璃罩子里，兀自只能远望着他悠游自在。

初秋午后的闲暇时光美好得令人恍惚。案几上，透明的玻璃花瓶中清水一捧，几枝稀疏的绿竹插在其中，顶尖已有鹅黄的新叶长了出来，不拥不挤，闲淡慵懒地斜倚着瓶壁。

心境，如果时时能如这瓶绿竹，我便是满意的了。

满眼菜色无边

严格地来说，我并不是一个很馋的人。但是进入五月，我的胃口就格外地好起来。我越来越感慨自己的家就随时守候在菜市场边。每天下班归来，路边的绿色蔬菜门市一副诱人深入的娇媚动人模样：黄瓜，豆角，菜花，西芹，青笋，西红柿，莜麦，紫茄……一字摆开，赤橙黄绿红，鲜美欲滴，只要看一眼那青翠饱满的形状，我的眼睛就贪婪地再也移不开半寸。

对鲜菜的痴迷狂热，大概源于对求学生涯的恶补。多年前在外读书，校园里的伙食不敢恭维，清汤寡水，总感觉体内格外欠缺点什么。因为父母不在身边，反倒自己加倍心疼起自己来。那是冬天，北京的风刮得人脸疼，惨淡昏黄的斜阳坠向天边的时候，我从外面徒步走回学院的途中，路边总有摆摊的菜贩在叫卖。

冬天的菜种少得可怜，萎黄的残枝败叶横陈了一地，只有胡萝卜看起来诱人，本来就是临近晚饭的时分，肚子就发出声来。用很少的零钱买了一些胡萝卜回来，草草吃过学院里那没滋没味的米饭，心急火燎地跑回宿舍插上电热杯，把胡萝卜洗净用水果刀切成小段，加些姜片，就那么用白水煮着，熟了后滴上香油和盐，也居然满室生香。同室广东来的大姐忍不住看了又看，我热情地请她品尝，她也连连说好吃，第二天一样买了电热杯，买了胡萝卜，如法炮制。后来这种吃法又发展成或煮白菜，煮青笋，煮土豆……

那种最为简陋的吃法，现在想起来并没有多大吸引力，在当时却是每日里期待的一道美食。我想就是靠着它们，那些做法简陋的蔬菜来补给我每天的维生素，一个冬天下来，我居然也吃成了一个胖妞，两条腿粗得像柱子了。新年临近时，男友坐火车来看我，环住我的腰用手掌量了再量，比平时多出了不知几寸，他动手拧了拧我饱满鼓胀的脸蛋，既欣慰又心痛地说，真没想到，几个月不见，你这么会照顾自己。

结束了朴素的校园饭菜时代，现在的我成了一名拖家带口标准的家庭主妇。可是我依然厨艺不精，毫无长进。孩子进了幼儿园，丈夫白天忙他的事情，我又开始了吃食堂的历程。自然学校的水平不能与单位的餐厅同日而语，自助餐，花样颇多，荤素兼备，保证营养是没问题的。但吃得久了，也难免腻，觉得繁复的烹饪程序过多的油水重色遮掩了蔬菜本身的面目，就分外想念起这个季节里那些新鲜不事加工的蔬菜来，想念那种飘荡在空气中淡淡的汁液的清香。

黄昏下班回去，到菜市场上走走，五月的蔬菜疯狂了似的讨好着人，碧绿的罗裙细嫩的皮肤，水葱般的清脆生猛，不由我又豪情万丈，投身厨房，一时间乐不思蜀。那么新鲜的时令蔬菜，只用很少的一些零钱就可以买一大堆回来，鲜红而饱满的西红柿，就那么在操刀弄铲的间隙生食了它，汁水充沛，甘甜醇冽。我是吃素吃生惯了的人，自恃胃口不错，经常可以对菜生吞生嚼，后来听营养学家推荐蔬菜食法以生食最佳，说营养物质不被破坏，倒是歪打正着。每天晚餐，桌上那几大盘子醋拌黄瓜，辣炒菜花，烧豆角、青椒等一干菜系，随着新闻联播结束的音乐节奏，通常也风卷残云告以尾声。这种吃法和胃口通常不能不让一些身体发福的女友生闷气，吃得那么多，怎么就不长肉呢，真没良心。我现在已今非昔比，敞开肚皮吃也是一副骨感状，唉，你说这能怨我嘛。

如果有一天，你在菜市场里见到一个眼睛都绿了的女人，那一定是叶绿素摄取过量的我在买菜。

一只亡命出逃的螃蟹

一

十几只螃蟹在昨夜的争斗中已缺臂残腿。

我端起盛放它们的盆子，往打开火的蒸锅里用筷子夹着安置它们。这是一个抗杀与反抗杀的残忍过程。手忙脚乱地盖上盖子，耳听着一阵猛烈的踹门声。这些家伙，愤怒已极，用着最大的蛮力在左突右冲。

声音下去些的时候，我悄悄揭开盖子一侧，想一探究竟。就这么一会儿工夫，一只大个儿的螃蟹四只爪子勾住了锅边，以迅雷不及掩耳之速跳将下去。

盖子跌回锅上，我慌乱地举着筷子赶快追踪。只见它在灶下一路飞速横行，就在我的眼皮底下不见了踪影。

一只夺路而逃的螃蟹。

我把灶边堆集的塑料袋全部刨出来，无果。又用扫帚在橱柜下面扫荡，仍旧空空。这个逃跑的家伙会去哪儿呢？直到上锅之前它还在动个不停，张牙舞爪，怎么这会儿倒能屏气凝神，学会潜伏了？

香气很快自锅中飘出。而那只螃蟹，它应该躲在厨房的某个角落暗自庆幸。和它打架的那些同伴全部已成餐桌上的美味，而它，依然逍遥法外。

二

我是那只越狱的螃蟹。

从进入这个家开始，我和同类们就开始了真枪实弹的争斗。没有螃蟹比我更强壮，它们一一被我摆平，俯首称臣。可惜地盘太小，不过是个水盆而已。我想念黄河口的广阔天地。再给我些时日，我将长得更为健壮和硕大，成为王者的时代就在不久的将来。可惜，我被那只网捞了上来。

这个女人很笨，她不应该有一颗好奇的心。她不懂得哪怕有一丝松懈与犹疑，也会给对方以喘息之机、反击之力。我就是成功抓住那个可贵的瞬间逃掉的。

只要生命还在，一切皆有可能。而那些蠢货，它们即将喂进一个放学回来的半大男孩口中，连个全尸也留不下。

现在，我隐蔽在厨房的一隅，蓄势待发。忍气吞声不是我的性格。我得报复些什么。

三

放学回家一进门，我就闻到了清蒸螃蟹的香气。在饭桌上大快朵颐之际，妈妈告诉我，有一只螃蟹潜逃了。

这真是件有趣的事情。在学校的沉闷心情一下子变得兴奋起来。

我把厨房的门关得紧紧的，避免那只螃蟹溜出来周游各室。

晚上躺到床上，我一直无法入睡，侧耳捕捉着来自厨房的声响。没有，什么也听不见。我带着迷惑和惊疑，渐渐进入梦乡。

早晨醒来，第一件事情就是询问螃蟹的行踪。妈妈无所谓地随口说还没有出现。

它去了哪里？没有水的螃蟹能坚持到什么时候？我想对它说，出来吧，不会再有人伤害你，你将作为我的宠物，与我的乌龟比邻而居，愿意活多久都可以。

晚上我的台灯怎么也按不亮了。我检查完插座，再循着电线望去，我终于看到了那只亡命天涯的螃蟹。原来它就在那儿。

它的大钳子牢牢地夹在电线上，那条胳膊直挺挺地舒展着。它的造型真酷。

它钳破了我的台灯电线，触电身亡了。

第三辑　去时陌上花似锦

春风沉醉的晚上

“去时陌上花似锦，今日楼头柳又青。可怜侬在深闺等，海棠开日我想到如今……”

耳边似乎还回荡着他们的缠绵戏声，人，已在记忆里温暖着心怀了。

料峭春寒的清晨，我起身赶坐火车，赴一场约。在一个略有些远的小城，三个在过去的岁月里常在一个版面上发表东西的老友，他们说好今朝今日在那等我。

曾经，我们青春的文字在一块园地里如花初蕊，次第开放。那位南开大学编辑系的娇弱女子作为当时的园丁，她独自喜好着我们的文字，或许还带了些偏爱的成分。后来，她去基层挂职锻炼，飒爽英姿，弃笔从戎。我们，也便随她的离去淡出了那个版面。几个散淡性情的码字人儿，通常是状如游鱼择水而栖。

再聚首，仿佛那些热闹的文字 Party，是很久远以前的事情了，我望着车窗外向后退去的青青麦苗，难以预测十载光阴后的我，怎样去面对彼此沧桑后的容颜与皱纹里的笑靥。

转乘小巴，驶向小城。原以为咫尺可触，却走走停停，到了黄昏。终于站在小城的地面时，恰晚来风疾。我听到了不远处有人呼唤我的名字。忍不住笑着奔去，进车，他们都在里面。握盘的兄长，当属老大，我们都把这次约见之地安排在他的小城，倜傥依旧，清瘦依旧。文冬胖了。桃花，浅笑嫣然，长裙短靴，腕间景泰蓝的手镯，唇上玫瑰的彩，一如她的文字妖娆风情。伊人近两年风头正健，随便翻开街头的一本杂志，都会有她的名字跳将出来，风花雪月，漫天席卷。我们神交通信数载，却并没有真正意义上见过面。

十年，等待一场盛宴。说好了的，一定要不醉不归。最数桃花性烈，先是推拒，然后就开始抢酒喝了。她举了杯摇摇晃晃，原是程派的痴迷女子，开始唱梁祝，比目鱼，水中荡，好似你我弟兄样。然后，微醺的文冬也上场了，自幼学戏，后来也是迷上程派迷上了张火丁的男人，在席间几人的身畔辗转翩跹，兰花指轻卷，字正腔圆，眼波飞处，我几乎不敢去接。一个水桶腰身的男人，只因深昧程派青衣风韵，居然可以媚到骨子深处，我才开始相信那在长安大剧院唱《春闺梦》的张火丁是足以倾倒众生的。本来是戏盲，一无所知，却就在那一刻也陷落进人生如戏，戏我不分，真假难辨，如梦似幻的境界。“毕竟男儿多薄幸，误人两字是功名，甜言蜜语真好听，谁知都是那假恩情……”如痴如醉，瞠目结舌。

他们相继喝多了，我扶了他们，桃花，两个大小兄台，还有我们娇弱的园丁，她是因公务晚来了的，不胜酒力却满怀豪情。战场已经从酒店转入了宾馆的房间，醉眼蒙眬的桃花，她用手一下一下轻柔地打着我，烟烟，你为什么不喝醉?

是呀，我千里迢迢而来，为的不就是可以不设防地醉上一回吗?在此之前，我们与何人可以如此共醉?在此之后，又有谁可以与我们共醉?老朋友，好多年，共悲欢，同性情，此时不醉何时醉?我想我所有的警醒，此时可以放下了。于是把所有的易拉罐都开了口，然后饮下，于是那个晚上我只有一句口头禅了："我怎么就喝不醉呢？"他们指着我笑得东倒西歪，他们说傻孩子，这分明就是醉了呀，只有醉了的人，才会说出这样的傻话。

园丁姐姐盯着我看了好久，她说桃花是越来越动人，越来越美丽，而我，烟烟，她用了一个词，洗尽铅华，我一时间喜欢得要命。我不得不佩服这个女子，是有着一双穿透的眸子，十载，当我千里跋涉站在她和他们的面前，带着从容的微笑和一颗波澜不惊的心。我真的已洗尽铅华，素面朝天。在这个春风沉醉的晚上，我爱他们，我爱程派，我爱那句余音绕梁直抵人心的唱词：一霎时把前情俱已昧尽，参透了酸辛处泪湿衣襟……他教我，收余恨、免娇嗔、且自新、改性情、休恋逝水、苦海回身、早悟兰因……

我知道，那一幕，小城的春天，沉醉的晚上，从此不复再来。人生，没有什么可以复制。但有些事情，却是真实而悄然地发生过了，像盛开过的花瓣，碎了一地。

梦里花落知多少

之所以借用三毛的名篇为题，是因为想起三毛时，好像没有比这小楼昨夜听风雨的怅然更能达意。

“我背着你狂奔而去，跑了一大段路，忍不住停下来回首，我再度向你跑去，扑倒在你的身上痛哭。”有谁怀疑，这血泪交融的亲情有假呢？三毛到底爱不爱荷西？退一万步说，她至少是在她所写的文字里深爱了，这些已足够。

1991年1月4日，三毛用丝袜结束了自己在红尘中的流浪。多少年过去了，我的书橱中依然整齐如新地珍藏着她全部的文集，每次重读，每次唏嘘，仿佛手中的纸页已化作那个精灵的薄翼微微颤动，远逝之后又悄然归来。三毛是怎样的三毛啊！她给予我成长中的牵引，意义深远。有老歌唱“雨中路遥遥，梦里风萧萧，仿佛中你在微笑，漫漫长夜里，梦醒得太早，想起我轻狂的年少……”又岂止是我，昨日青春幻影中不灭的，是仔裤行囊天涯孤旅的梦。

今生注定只有一个三毛在雨季中与我们相逢，此后再不会有一位作家给我那样的浪漫情怀，再不会有这样一个女人给我如此巨大的人格感染。

马中欣是出名了。凡原来知道三毛的，现在或许也该知道他。可我一想到这么个陌生唐突的名字与三毛有着某种生拉硬拽的关联难免反胃。听说《三毛真相》一本将近二十元，可该着发了。同事小妹买了回来细看究竟，半本不到愤掷出窗。一缕芳魂已消多年，还要被这么个不相干的人兴致勃勃、不远万里追踪遗迹，“揭露真相”，居心太不善。

三毛是个作家。她的文字首先是她的作品，然后才可以理解为她的生活。我们可以接受她的虚构与假设，这有什么大碍吗？能写出那么至情至伤至痛文章的女人，她的内心能虚伪到哪里去呢？三毛本就言明曾患自闭症，她在幻想的城市、灯火、繁华、夜色中驾车徐驶，点一支烟，寂寂泪落，沙漠、海滨诗居，侠骨柔肠，风情万千。

浮生若梦，三毛有一个多么丰富缤纷的梦。鱼儿一样自由潜游，鸟儿一样缱绻低飞……

梳麻花辫子的是三毛，披长发遮颊的是三毛，剪一头乱草蓬的是三毛，童年时被画熊猫眼的是三毛。一颗敏感、脆弱、孤独竟又坚强、果敢、洒脱的心，矛盾中挣扎，炼狱里涅槃。

“世上的生命，大半朝生暮死，而蝴蝶也是朝生暮死的东西，可是依然为着它的色彩目眩神迷，觉着生命所有的神秘与极美已在蜕变中彰显了全部的答案。而许多彩色的蝶，正在纱帽山的谷底飞去又飞来。就这样，我一年又一年地活了下来，只为了再生时蝴蝶的颜色。”（三毛《蝴蝶的颜色》）

是为了蝴蝶的颜色生之，死亦然。而今别人的浊墨过后，一个女人曾以生命来维护的颜色，是否还依然美轮美奂？窗外风过疏竹，花落无声……

混在论坛

论坛功用何在？系统一处文字交流的场所，方寸之地也。作为我所在的这个部门省内网络神经中枢，如遇停电或者网络故障，工作立刻陷入瘫痪。省内十几个城市的同人许多藏身网上，戴着面具，个个神神秘秘的。

最初，我一直冷眼看着网上匆忙的过客、弄潮的健儿，那些在系统论坛上发表东西的家伙。我想那一定满足了不少人的文学梦。说实在的，开始对于他们的东西我是不屑理睬的。但是，我最起码也算是个写字的人，给各种材料浸染了见字就想改的毛病，所以我又做不到忽略他们的存在，便常常抱着放松玩耍的心情上去逛逛。很多的字密密压压的，很多的心情琐琐碎碎的，出于对眼睛的爱护，我只是看头看尾，了解大意。这般浮光掠影地瞥过去，就像手指轻轻地滑过琴键，蜻蜓点水掠过水面。上面那些所谓的原创散文在我眼里真的就散成了一片印象，只有面，没有点。

不过，平心而论，有时上面的一些文章写得还真不赖。所以偶尔我也会回复一两个，赞美一两句。为了显示与众不同，我给自己起了个沧桑绕口的名字——看往事浮云心缱绻。名字够长，也够中性，分不清性别，分不清年龄，看着梨花伴月、水晶心什么的，抱着琵琶掩着面，自己先得意得不行。

不过名字再另类，最初也没人理会我。这网上是讲究先来后到的，也讲究人气，我一个独来独往的，也不多回复支持别人，也不发原创帖子证明自己“实力”，那时我只转帖，如《成都，今夜请将我遗忘》在外网上最红时，我就转它，让颓废的伤感的气息弥漫，还转帖《离魂衣》，类似于李碧华《胭脂扣》般讲人鬼情的小说，写得甚忧怨的那种。总之，我只是个把自认为好的外网文章搬运过来的好事者，我想最初我留给这里的印象是吃饱了撑的没事干的那种人。当时因为无名，所以也无名所累。

但是，后来一次偶然的邂逅改变了我在论坛上行走的轨迹。那是和这个论坛上文学长廊版块的版主在省局的聊天室里相遇聊天。我自然知道文学长廊里尽是些爱好文学附庸风雅的家伙，而版主是位性情平和、热情友善的女子，她长袖善舞，每天在一群文字涂鸦的发烧友中平衡周旋。我告诉她我经常去看她们那里的帖子，不过我从来没有发过原创文章。随后我得到了她的鼓励。很真切的那种邀请，倒让我要为骗她不会写文而惭愧。那天我第一次冒昧闯入了文学长廊，发表了一篇所谓原创文字。就像扔炸弹一样，紧接着再投一枚。然后，哼哼，我坐在电脑前，窃笑了一个下午。

一个叫佐罗面具的家伙在回复中说，一个原本十分熟悉的名字，却在某一天写出了大家不熟悉的文字。大家要小心了，因为说不定哪天，一座山丘就会变成一座山峰。这样的捧抬怎能不令尚难免俗的我得意扬扬。就在我为山丘而笑、为麻雀变凤凰而捂嘴偷着乐时，我遭到一声棒喝：哪里人士，敢剽窃我文友的文字？我赶快回问他你文友何人，他严肃地告知我文友远在赵国古都，他在这里就不揭发我了，羞羞，让我赶快回家哭鼻子去吧。我几乎感动得要淌下热泪。紧接着又有一热心人士，发短信告诉我，这个名字一出现在文学长廊的时候，她就注意到了。她说我一定是省三大才女之一。我心中窃喜蹬鼻子上脸接着问：三大才女都是谁呀？回答甲乙丙。不由倒地，我明明是丁呀！

总而言之，自那个下午之后，我成功而光荣地迈进了论坛大虾级行列。大虾，他们是这么叫的。从此，我坚定不移地成了这些涂鸦发烧友中的一分子，同心同德、同流合污、同仇敌忾、同进共退。从此，我也告别了闲云野鹤的自由时光，还人情，忙回复，勤交流，多沟通。为了表示我对论坛的热爱和忠诚，我在这里为论坛涂抹了一篇四不像的入坛回顾。最后我补充一句，同志们，我爱论坛。

谁在这样的春日萍水相逢

暮春时节的生日，下了一夜的冷雨，在挟着落花的清寒中醒来，暗思芳华刹那的流年，竟有些许萧索的意味在心头。就让这一天隐藏起峥嵘，悄悄流逝去吧。

坐到办公桌前打开电脑，远方好友网上的短信还是不期而至，她在系统公务网的 BBS 上发帖——《祝亲爱的往事浮云生日快乐》。我用那个网名发帖跟帖，换来了浮名无数。

我打上一个笑脸，说谢了。那天正赶上最忙乱的时分，单位一年一度的工作会议，与会文字已让我连日来焦头烂额。我用眼睛看帖，用侧颈与肩接电话，用十指打字，用耳朵听同事们工作交接。我知道这个生日正如我所预料的那样，泡汤了。

黄昏，窗外的夕阳斜泻进来，头晕脑涨的我靠在座椅上，忽然间想起了那声祝福，抬手刷新屏幕，BBS 上的主帖膨胀了数倍，坠满沉甸甸的祝福。似乎我在公务网上的新朋旧友都问候到了。

他们说，有生的日子天天快乐；

浮云我替你在老北京炸酱面馆里吃了一大碗长寿面；

今天虽然没有月亮穿行在白莲花般的云朵里为你清辉祝愿，我要轻歌一曲绕你流连：祝你生日快乐；

不畏浮云遮望眼，遥祝论坛小寿星，今晚一醉方休吧；

原来浮云是金牛座女子呢！我所认识的同星座的女子都是细腻妥帖、颇善理财。遥祝浮云生日这天多收好礼哦；

三十初进延龄酒，百年喜开福寿花！请接受怡鹤的祝福；

追寻你的笑声，浪子不请自到，拱手相贺，并送寿桃一篮（树上摘的）、寿扇一柄（店里买的）、寿字一幅（自己写的）、寿糕一个（网上订的），还有鲜花一束、如意一对、美酒若干、玉盏若干、丝绸若干、金锭若干（以下省略一千字）……

空虚已然被快乐填满。我对着电脑傻笑的时候，一定像个被宠坏的孩子。

晚上加班。同事们都在楼下打印装订，我在楼上办公室里写字。名字自始至终挂在 BBS 里没有退出。

这是友朋散尽的一刻。深夜的论坛很沉寂，白天曾笑语喧哗，此时，又有谁能听见静夜里羽翼飞翔的声音？

写字累了，我刷新了一遍网页，一阵铃声响起，在安静的夜里陡然惊飞些许倦意——

当桐花开满了城市的天空，就无法不想你。

桐花的淡淡芬芳让这个毫无诗意的城市充满诗情画意。

和女儿走在夜晚的大街上，女儿仰起脸，看到被路灯照亮的桐花映在蓝黑色的天空，激动地对我喊：妈妈，太美了！真是太美了！女儿低头看到被风吹落的花朵随口说道：桐花满地。

因为你，我喜欢上了桐花。看到满树满地的桐花，就会想起你，在心底，默默地想你。整个春天，都是你的节日，真心祝福你：生日快乐！

我的编辑姐姐呀，这么好的文采却总为别人做嫁衣。我搜索她的踪迹，只有她留下来文字的暗香，想必人已在梦里了。

这么晚了，你怎么还在？忽然发来的一个短信让我始料不及。这个朋友，结识在我还是 BBS 上菜鸟一级的时候。曾经，我刚会上网，只是一个过客，从来不发什么所谓的原创文字，独自来去，不留片羽。一天黄昏，我在电脑前赶写一篇稿件，因为灵感的光顾，没来得及下楼吃晚饭，直到近八点的时候终于一气呵成。然后我顺手点击了聊天室，临走前想看看还有什么人在这里，自然那些名字对我来说都是陌生的。

也就是那么遇到了。我一边修改文字一边和他有一搭没一搭地聊上两句。在聊天室里我是个穷孩子，但不久我看到了自己的金钱从两位数陡然增加到五位数，我冲他叫着：谢谢！谢谢！我发财了！发财了！带着快乐的心情匆匆下线。后来，在公务网上我们常常擦身而过。有两三回碰上了，他会问，怎么还在这儿？那肯定是遇上了我加班，或者在赶写着自己的文字。他问："你也写东西吗？"我就会给他传去两篇来读。

相交如水。在这个微凉的春夜，再次遇上。他发来短信说，要等我加完班后打个电话，亲口说一声生日快乐。

午夜时分，我听到了，在用文字表达的祝福的结尾，在一个女子三十二岁生日落幕的瞬间，午夜的钟声响起前，我听到了那来自远方声声入耳的祝愿。

我在黎明前带着笑意睡去。那些隐身在 BBS 上我并不知道真实姓名的朋友们，他与她，用着最醇厚的心怀，与我萍水相逢在这样的一个春日，给了我最为忙碌也最为快乐的一天。

雪中故人来

这个冬天，比以往的几年要冷许多，一场接着一场的雪缠绵在灰茫茫的天地之间，如有未了的心事终不忍离去。又是一年的春节悄无声息地来到了我的身后，我不用回头，已是寒意袭背。每逢此时，我的惆怅就开始周期性地发作了。

这个冬天，童姐姐告诉我她会去北京。我竟也产生了再结伴走一程的冲动。十年前我们两人在偌大的京城求学，漂泊，相依为命，那个隐在偏僻的八里庄一带的学院，有着小小的安静的院子，有着一群浮躁的痴狂的文学信徒。有着一些爱，一些痛，一些酸楚，一些不可获知的迷茫。突然地，在颠簸的车里，就和她有了大段的时光细数当年事。我竟然十之忘九。她生气而失望地看我，恨不能捶打过来。我不知道这个现在凡事不入心的女人怎会如此深记着经年的点点滴滴，而我，却遗失殆尽。

你真的不记得了，她突然眼睛里放出了温柔而兴奋的光芒，我们四个人，在关东情小酒馆里吃饭？你忘记了，我的两个室友，空特勒和阿代秀，那两个鄂伦春女子，喝醉了她们就摔摔打打地吵架，吓得我在你的宿舍里躲了一夜；你忘记了，上课前你扭扭捏捏地走到我面前，我还以为有什么重要的事情，你却伸出手说姐姐给你钉子，大家都看着你，差点没把我笑死。你那时脸蛋圆圆的，脑后扎个马尾，可爱极了。

打住，我虽然是一知半解地想起了一些模糊的往事，但是我却听出来了这句话，质问她，你是说我现在不可爱了吗？当然，她白我一眼，你那时是少女，浑身都散发着青草的生长味道；你现在是少妇，眉梢眼角都不一样了。我只好闭上嘴巴不予争辩了。我在说笑着那些陈年旧事，心中，滑过一滴几近干涸的泪痕。握紧手，我的手中抓住了什么；放开手，我的手里又丢失了什么？

不久，童姐姐从北京归来，我知道她定是见到了那些见证岁月和友谊的故人，但她却长久地未给我拨电话。我一样按兵不动。两个人只怕打破什么。果然，是幸福的、成功的消息传来，是分手的、死亡的消息传来，是改变的、忘却的消息传来，一时间，我们通话的两端狼烟滚滚，浮尘四起。甚至，在她的提醒下，那年在北京的冬天里暗恋过我的男孩子，我感冒时他为我煮白水鱼的一幕，也霎时击中了我的软肋。

又是回忆了，我在心中告诫自己。难道你们已经老去？在往事的浮云里徘徊，再不想抬头看头顶灰暗阴霾的天空。其实，这些回忆都不是我想要的，我想要的，或许我已经做到了，那就是忘却。忘却那些感动，忘却那些流浪，一边走一边丢弃，就这样心如白纸地简单生活。挂着天使或白痴的微笑，不再有柔软的破绽可以被击伤。

然而，还是来了，我无须回避，无须躲藏，1995 年与 2005 年的雪几乎一样。故人，在雪中微笑，在雪中沉睡。在雪中，叩动柴扉，围炉把酒，酣醉一回。

前言：

因为一个博客的链接，竟然牵出了不少失散多年的名字。他们，与我曾经在多年前的北京，在那个隐于八里庄的小院落，在那个令人向往的文学圣殿——鲁迅文学院，一起忘却红尘，痴狂轻狂迷狂地度过1995年北京的金秋与寒冬。

这些故人多数还留在京城。在北漂的日子里，他们经历了什么，付出与得到了什么，我无从得知。但是我知道，我与他们一样，爱那个地方，爱那个城市，偶尔也会想一想，如果当年留在北京，现在是什么样子呢？

当年拼却醉颜红

圣诞节来临前夕，我开始被一种熟悉的相思困扰。

无数次这样的时刻，想着要去见他，就会无端地心跳加快。昆德拉说，生活在别处。我知道这样是不好的，但我无可救药地神往着逃离。

天堂和地狱都在那个华灯万盏人流汹涌的地方——北京。

很早以前就有人把北京比作一个男人。一个硬朗威猛却又宽容豁达的男人。人生若只如初见。初见这个男人时，是在十年前。和那个叫玲的湖南女同学越过大街小巷，在平安夜里去参加派对。那时我们的爱情都在漂泊，却还手握青春，底气十足。

那应该是生命中最为至痛亦至悦的一年。焦躁，期盼，狂欢，游逛，迁徙，才知道每一个最初走近他的普通人都需要什么样的勇气和坚忍。脱下高跟鞋拼了命地追逐，稍一偷懒，便赶不上他的脚步。他从不回头眷顾你，怜香惜玉不是他的事情。

后来，不得不离开了。我站在北三环的立交桥上，看痴了脚下流动的车灯。那是一片海，温暖，繁华，诱惑。我想我应该是在心底流下泪来，那是我第一次尝试离开一个城市会如此地心痛。

走后又一而再地回到过他的身边，却有无数的红尘琐事需要办理草草离去。对于他的体温，我还来不及触及，便在匆匆的一眼之后转身。

又是圣诞平安夜。今夜与彼夜已越过了三千六百五十天。我仿佛重又看到那个追梦的女孩在舞台的中心盘旋，她的红舞鞋有血的殷红。拎着行囊漫步在他的街头，我一厢情愿地自语，我回来了。那是一尾鱼对大海的留恋，那是一片叶对根的思念。在他的世界里，我更像一个恋爱中的女人，皮肤格外地光亮起来。属于他的夜晚，放下层层包裹，穿上柔媚的华衣，长发如瀑，跃入他无边沉醉的夜色里，慵懒到了无牵挂。

再次悄悄地走回校园。一进院朝右就看到一号宿舍楼，现在已改叫了一个奇怪的名字——东风。走进去，往日的宿舍房门紧闭，已成了某个团体的活动室，楼道依然阴暗陈旧，弥漫着男生的凌乱气息，过往已了无痕迹。校园中腹的食堂早已翻盖，几条仅有的小路也都有了自己的名字。往回返时，就进了一栋综合楼里，这曾经是网球场所在的地方。很多学生模样的人散坐在大厅中，喝着什么低语。我也要了一杯酸奶坐下来。接着我听见有人叫了我一声“同学”。一惊，才知她是要问我一个教室的所在。抱歉地笑了。这里已不是我熟悉的故地。或者说这个地方我从来都没有熟悉过，我不过一直是个过客。

悄悄地来了，又蹑手蹑脚地离去，在校门外请年轻的男孩子为我拍一张纪念照片。照片上的女子带着穿越十年的风烟与沧桑，不忍卒读。只有这一次吧，只来这一次。再见了，青春。

总是要回去的，回到那个必须生活的地方。

列车上，我把头别过去，他的全部气息已隔绝于窗外。一个暗恋的女子，相守了这多年，而他，却毫不知情，或者不为所动。一个骄傲的城市，总是如此，于如蚁的人海里，多少人奔跑而来，多少人黯然远去，他依然如我站在原地，嘴角衔着一抹悲悯的笑意。

有歌唱道：千万里我追寻着你……

数年痴缠的梦里，流年似水。

岁月静好桐花开

这个城市的桐花谢了又开，暮春转瞬而逝，光阴的故事就是这样，罗大佑都老了，二十年不再。

我一直无法相信，身边这张报纸创刊了这么久。因为亲密，反倒没有距离去打量她。就像有那么一天你不经意间突然发现母亲的头发有了银丝，儿子已经跳跃到你的耳际，而曾经年少一起玩耍的竹马青梅，什么时候从一枚青涩的花蕾开至成熟芬芳了呢？

搬家前夜收拾旧物，落着灰尘的旧报纸隐居在书柜的一隅，纸页居然微微发黄。那些变换过的笔名，倏忽间如流星划过浩瀚星空，照亮了枝繁叶茂的往事。原来，青春这样来过，从每一个句点里行走都能听到穿林打叶声。回望，东坡居士拈花微笑，却道也无风雨也无晴，生活原本就是这样云淡风轻。

和这张报纸结缘是因为一个人。我是如此地健忘，却总是记得第一次见到文苑编辑孔庆先时的样子。冬日上午的太阳里，她白色的编织线帽，从帽檐披泻而下的乌黑长发，光洁的额头，那一抹明亮的微笑……

为人做嫁衣，居然就这样坚持了这么久的岁月。她把文苑版当成骨肉一般侍弄，埋头耕耘十数载，竟种成芳草旖旎之地。她是正直热忱的人。在她那里，不分贵贱，不排座次，摒弃成见，唯文是编，一切听从文字的召唤，左拉右扶，推赶着一批又一批新人走上舞文弄墨的道路。如我，如桑麻，那里，茜茜……我们在电视报的文苑上跳着假面舞，一任曾经的稚嫩雨打风吹去，一任铅化的文字如麦粒一般，也许并不饱满，却颗颗凝结着卑微的虔诚，播撒进心里，就那样开出喜悦的花来。

因为接近，渐成熟稔。每每走进报社，总望见那些可爱的小编辑蹦蹦跳跳出出进进，长着圆圆脸蛋的张，总是眯眯眼笑呵呵的乔，文静戴眼镜的郑……他们在《天天 3·15》里专注地倾听与反馈，《社区》热线里忙碌着回音，《世间》书写凡俗的冷暖悲欢……编辑部里永远有奔跑的速度，有阳光的味道。报纸因了他们，这样一群敬业的年轻人，而流淌着新鲜纯净的空气。

20 年。人生的故事在一层层沉淀。有些人已离我们远去，连身影都洇成一团模糊的水渍。有些人在我们身边留了下来，一同走过岁月，在风中歌，在雪中笑。这些，我想是可以算作朋友的。而一个写字的人，留在他身边的精神益友——一张可以读可以写可以结伴走路的报纸又能有几个呢？或者可以说，我是一个专情的人，在这座城市待了这么久，只专心给这张报纸倾诉风花和雪月，我的笔墨从没有旁顾过。又或者说，他是一份宽容的报，只有他，肯接纳我的胡言和乱语，于宽容的微笑中渐成习惯。

一个忠实读者的喜好、一位写者的文风是否可以改变一张报纸的气质呢，我不得而知。但我确定一张心仪的报纸是可以改变一位读者的视野和一位写者的心情的。每次翻开漾着墨香的电视报，即使寒冬，也总有温度传到手上。这种温度内敛却持续不绝。多少年我在古城的梧桐树下读着它，梧桐花落了又开，我看着它一点一点成长，成熟。它不媚俗，不争宠，不喧哗，不强势，却一直扎根在普通的民间，扎根在百姓的心间，润物细无声的点滴渗透里，完成了民间订阅10万份的记录。大浪淘沙，黄沙吹尽，一份能让市民自费订阅的报纸又能有几份呢?

我抬眼望窗外的天。正是雨后初霁，蓝得纯净。想起了胡兰成题给张爱玲的两句话：愿使岁月静好，现世安稳。这是最质朴的祝愿吧。人生若一直这样多好，充盈着和谐与爱，友谊和宽容，淡定地为人，淡定地做事，淡定地为文，唯愿与这张报纸不离不弃，携手共酿一坛岁月的好酒，续写未来佳话传奇。

谁在你走过的每个路口

对于友谊和爱，我们是要珍惜、小心翼翼地细水长流，还是要快意恩仇地饕餮饱腹呢？

闺密近日突然倾向于后者，她说，友谊是应该消费的。对此，我的理解是，我们一直往友谊的银行里存款，你不动用它，它便是一笔死钱，永远静静地躺在那里不产生价值，反之才有意义。

这观点一时在几位好友中得到响应。文青那里大呼支持，他立马拿起电话，给几位故人挨个拨打过去，聊聊近况，邀约一起看电影、吃饭喝茶去。漫天闲谈里，彼此不曾计较着通话时间。他答应爱喝咖啡的我，一定要在家里用最好的日本咖啡豆现磨，给我亲手煮杯咖啡。而这之前，他的那些珍藏都被媳妇用到了脑袋上，美其名曰健发。

晚报上突见一则新闻，一中年男子在公交车上吐血被司机送往医院。后来才知道那位吐血者是位多年未谋面的旧同事，和我近龄，新闻出来后的第二天已经不治身故。此事没过几天的一个冬夜，我正站在街头的取款机前，晚风寒意迫人，电话响了。我听见文明老兄的声音，他说，远在广州的铁红大姐逝去了。

那一瞬，大脑似乎锈住了，对生死的意识难辨真假。我想起姚贝娜走时，那英说——最终我还是没能再见到你，也许这意味着你还在。

去年末到今年初，工作中非常好的几位直接领导相继调往异地任职。这注定着我们能朝夕相处的缘分也即到此。再见，机会屈指可数，所有的行走轨迹不可能再重叠相交。

那些曾陪伴我某段路程的人，不知在哪个路口分奔了东西。天各一方，消失不见。或者同在一座城而不再联络，他就在茫茫人海的最深处，不再现形。

《心花路放》里，两个好哥们儿一路放浪形骸。你不开心我放下工作开上私家车带你去HAPPY，一路走来一路歌，寻花问柳风光无限，一起泡妞，共对强敌，吵过架反过目，争过风吃过醋，但是绝不尔虞我诈。耿浩佯装重伤下对哥们死前告白，他终于说出“我爱你”，再不说怕这辈子来不及了。

所幸，一路上虽然走散了几位，仍有执着有缘的老友相识于年轻时代，陪伴至今。我想起十几年前炉峰山上捉蛐蛐，借用过桑麻兄的一件暗格子夹克当背景，拍出了几张非常成功的野花静态相片，背景虚化，嫩黄花蕊像小灯笼似的散发着光晕。那几年，和闺密一起去逛商场，常常看中的衣服，她买大号，我买小号，今年她还穿着一件过去的毛衫出来，经典款的简约，幽静的淡蓝色。而我那件已不知所踪。衣服何曾不是岁月的见证者，带着彼时的记忆堆积在箱底。

散文沙龙大概是最固定可以看到老友的场所了。在我，这里交流切磋的意味已淡化，而和老友们每月见一面的期待倒是与日俱增。当年，沙龙创办之初我们还年轻，二十多年过去了，一些人坚守文字渐成大材，一些人放弃了文字远离诸友，一些人偶尔赶过来露上一面。而如铁红大姐，却已在遥远的异乡永远不可能再归来。大部分的故知，都已鬓染秋霜，在数年的彼此陪伴里不知不觉地老去。

一日，沙龙扛旗的老大秋生兄发了一则微信，题目很吸引眼球，《退休后，你有几个老伴》。孔姐于是向他倡议，将来把沙龙延续到养老院去，暮年里仍是老友相伴，谁也不再孤单寂寞了。虽是玩笑，确也值得放在心头思虑，又有何不可？相近的年龄，步入老龄化的社会和你我，注定离巢远飞的儿女，指日可待的退休赋闲的岁月，寂寥而又仓促，无人可预知长短。

身边有几位兄姐晚年去了大洋彼岸，那是他们太过优秀的儿女定居美国，需要去帮衬带养孙辈。无法想象人在老年居住国外的空虚，如一片落叶飘摇辗转，无法回归大地与泥土。偶尔回国，便急急地邀约故人喝茶叙旧，看到谁都如失散多年的亲人，那份感情浓得反而令我们感觉合不上拍。

“当你老了 头发白了，睡意昏沉。当你老了 走不动了，炉火旁打盹，回忆青春……”叶芝的诗变成了音符，击落在我们的心头。若干年后，回顾身畔，盼还有三两旧人，佝偻着腰身在屋后种草养花，聊着家常去市场上买菜，夕阳里咧开没牙的嘴大笑，清茶一杯树下静坐听蝉鸣。

第四辑　焚身之舞

细　节

生活中有一些细节，女人是不能忽略的。

午后的阳光金黄而温暖，她趴在丈夫背上，眼光瞟着电脑，一只手摘下他的黑框眼镜，一只手去抢他的鼠标，她常常是这么给他捣乱的。

她的脑里慵懒地游荡过一些事情，宛若窗前阳光照拂下的灰尘，飘浮在空气中。

刚才收拾书橱的时候，她翻到了多年前的一张集体合影，看到了一张久违的青春面孔。

那个男孩一表人才，献了多少回殷勤，她早就记不清了。他们作为这个城市里广告界的精英，集体去海滨城市参加一个博览会。丈夫也在其中，可他当时穿着老土的灰色长裤，戴着黑框眼镜，只在远远的地方注视她，或者注视着她和那个男孩的如影随形。

他们是众人眼中的一对璧人，而现在的丈夫，彼时只是一个卑微的暗恋者。

她不乏暗恋者，她对此全然不放在心上。

她和男孩在西餐厅里优雅地摆弄着刀叉低语的时候，她想这或许就是王子与公主式的爱情，经典、高雅，不食人间烟火般的浪漫纯净。

海让年轻的他们兴奋雀跃。甩掉鞋子赤足踏浪时，不小心竟走进了嶙峋的岩石丛。他们叫苦不迭，在满是碎贝壳的沙砾上，纷纷要逃脱。王子大叫着痛冲向了他的鞋子。而她，站在硌脚的岩上，像在刀尖上跳舞的人鱼公主，一筹莫展。

而那个戴着墨框眼镜的男孩，忍着扎脚的痛龇牙咧嘴连蹦带跳地奔向了她的鞋。环顾四周，一行人都在忙碌呵护着被硌痛的双脚，王子则坐在远远的沙滩上忙着整理自己的鞋袜。这一刻，她忽然感到了彼此的疏离，没想到最后来解救她的，不是她的王子，而是另外一个赤足踩在碎贝壳和石子上的人。

一车人返回时，没想到遇到了大雨，前方一段路被洪水冲坏，车整整堵了一夜。

各人带着的食物和水很快耗尽。他们俩剩下了一根黄瓜。

她想，一会儿实在渴得难挨，两个人可以分吃的。午夜时分空调停了，车里异常地闷热。她从袋里取出了黄瓜递给了他。王子美美地咬下一大口脆嚼了起来。她没想到，直到最后，身边的他都没有想过掰给她一半。

她失望地微闭上眼睛，把车座往后重重靠去，渐渐入了梦乡。早晨醒来无意间回头，才发现自己的车座几乎全放倒在了身后黑框眼镜的腿上，致使他的两条长腿毫无伸展活动的可能，想着他就这样默默地忍了一晚，她慌忙恢复座位时脸上已然绯红。

回来的数月，她成了黑框眼镜的女友。

不解的人们，哪里知道是怎样两个细节，成全了什么，又阻滞了什么。雪中送炭和锦上添花的爱，她想一定是不同的。

午后懒洋洋的幸福，验证了她的选择。

生命中的玫瑰

我的好友婚姻一度出现危机。有一天她再也受不了来自男人的冷漠与妖冶对手的刺激，决定要以最惨烈的方式来报复他们。

她选定的那一天是她的生日。经过了一夜的孤枕辗转之后，面色苍白眼窝深陷的她在那个清晨有史以来第一次没有履行母亲的职责——给女儿做早餐。

她给了正上小学的女儿一元钱，简单说了声去外面随便买点什么吃吧。女儿乖巧地接过那一张纸币，背上书包，什么也没说就走出了家门。

拿出安眠药的时候，她的手颤抖了。她用眼睛一遍又一遍地去抚摸室内的一切，这里的一尘一土，一角一边，尽是她多年悉心照料操持的家啊！最后，她的目光落在一叠熨烫平整的衣物上。男人多日不归，偶尔回家也不过是为了换上干净的衣服再次出走。那脱下的衬衣上还时常会有腥红的唇印和浓郁的香水味道，她却以最为沉默和屈辱的方式给他洗净晾干熨平，然后在某一天目送那冷漠的男人面无表情地穿上后扬长而去的背影。

泪水终于决堤。她要在生命中最后的时间里把压抑在胸的石块冲刷释放殆尽。

不觉已近中午。女儿放学回来了。听见门响她慌忙跑去洗脸，身后传来女儿脆脆的声音："妈妈，你看！"一枝小小的红玫瑰盛开在她的面前，女儿微笑着轻轻地说："妈妈生日快乐……"

原来女儿用她给她吃早饭的一元钱去买了一枝玫瑰。在她以为全世界所有的人都把她遗弃的时候，她的生日被一枝带着露水的玫瑰和一张天使般的笑脸隆重地提醒了。那一瞬间，她的感受天翻地覆，原以为已是绝境的漆黑死寂的心房劈开了一条缝隙，冷清的空气吹得她打了一个寒噤。天哪，她想，她多糊涂呀，她的全部幸福难道只押在那一个人身上么？在这世上她什么都可以不要，可是不能不要面前这个流淌着他们血液的孩子啊。

那一天中午，她和女儿买了蛋糕，在饭店点了一桌子的好菜，庆祝了三十九岁的生日。拉着女儿柔软的小手走在暖风拂面的街头，她从未有过的放松与踏实。在这个世界，有这样一个人最可靠、最信赖地守在身边，她需要她全部的爱与扶助，好去走未来的路。而她，不也同样需要么？

后来事态的变化呈现了不可捉摸的方向，男人的荒唐恋情不攻自破，头破血流回到家中疗伤。现在一家三口的日子祥和而平静，那段往事早已被包裹得密密实实沉入了光阴的河底。可是如果那天没有那支玫瑰的挽留，一切都将是我们不愿看到的另外一番景象。

美人网

早晨要出发的时候，薇接到了佩的一条短信：多喝水，注意身体。薇的唇角漾起一抹笑意。

其实这个女子的心是凉的，很早以前已经缺失了温度。

她是时尚而柔媚的一类女子，又写些风花雪月的文章，从表象上看，无论如何都让人会错了意，要把她归到那种敏感善感花瓶样易碎的行列里去。

男人多数时候最是喜欢薇这种类型。他们想象着鼓动自己的三寸不烂之舌，给她讲些悲情煽情的故事，如从小就是穷孩子啦，怎样艰苦创业奋力打拼了，糟糠之妻怎么庸俗低素质不解人意了，自己风光背后如何孤苦酸涩无人可诉啦……然后看着她渐渐眼圈发红，在心底里得意地发狂。他们想象着大捧的鲜花送到美人怀中她都会幸福地尖叫，要是再加上物质的炮轰，那是必得晕眩着投怀送抱了。

薇给人的印象大抵如此。有一种成熟男人，恰是因为成熟，最喜欢像蜘蛛结网粘女人。有一种女人，看似飞蛾却不是飞蛾，偏要不躲不闪迎上去。薇这里就有成熟男子跃跃欲试，几次交锋下来，好一点的碰上个软钉子，就此识趣收手；惨一点的没网得住美人，倒一头扎进了美人的网，脱身还要需些时日呢。薇在让别人为她牵肠挂肚的时分决然起身离去，给他们留一些遗憾，留一些想念，甚至留一些愤恨。明明看着她是要陷进网里去的，怎么就跑了呢，她迷惑的姿态让自以为是赤兔的马儿失了前足。这也给某些男人一个结论，千万千万不能被假象所惑，这世间的女子，有痴情的一种，也有绝情的一类，有弱智好骗型的，可也别一厢情愿地忘记了还有冷酷杀手型的，她们真正的内核恐怕只有亲身尝试了之后才晓得，而断不可被表象传达的信息所迷惑。

今天给薇发短信的就是扎进来不能自拔的佩。每天短信问候不断，思念连绵，鲜花不绝。海归白领，原以为自己有足够的吸引力可以将美人擒下，怎料自己却越缠越紧，倒要眼睁睁地看着网外的薇逍遥自在了。那美人是怎样造诣的女子，兵来将挡，见招拆招，她已是爱河中饱浴饱饮了的人，练就了一身的免疫力。薇在大学时有两个男生追她争风吃醋，互相攀比，一个送五十枝玫瑰，一个就要送上八十枝，搞得薇的宿舍天天都是鲜花簇簇，室内那有限的几案因此拥挤不堪，倒要招致舍友的声讨了。后来薇对玫瑰都有了逆反，就是那时候给折腾出来的。玫瑰一不当饭，二不当钱，不过是养人眼罢了。再看那些靠鲜花冲锋陷阵的老男人，就觉得分外矫情了些。好在，佩算不得老男人，还没有围城之累，只是自恃父母给了一副好皮囊，占尽风流潮头，惹得多少女子折戟沉沙，有来无回。

佩让薇看过他邮箱里别的女子写来的痴缠情信，手机里发来的留恋短信。如此俗到给薇炫耀自己的魅力，终是在伊人面前底气不足所致。薇难免不生出唇亡齿寒的悲哀。看不到网已经够傻气了，跌落网内挣不脱就更加傻气，成了盘中餐就是晦气了。天下有几个男人，对唾手可得的盘中餐在意过呢？猎手和猎物之间的游戏是要玩的，但是狭路相逢勇者胜啊。胶着与对峙中，先败下阵来的，总是那个先失去意志的人。

“我能想到最浪漫的事，就是和你一起慢慢变老，直到老得哪也去不了，你还依然把我当成手心里的宝……”薇有时会在自己的窗下听听这支情歌，在心中描摹一下最浪漫的事，吮着咖啡，伤怀一回，却对世间的男子，失望更甚。有谁知道这样一个繁花似锦的女子，骨子里原是青灯黄卷的素淡之至。薇的心伤过也罢，爱过也罢，却对网来网去的游戏一天比一天厌倦了，作为一个寂寞高手，洞若观火的清醒，终是有些不胜寒的难堪。因为懂得，所以慈悲。她想，她完全可以胜任她的角色。

有一天的黄昏，佩和薇共进晚餐的时候，薇接下了佩的钻戒。看着佩的欣喜若狂，薇很幸福地笑了。像她这样的一个女人，实在是因为在网外徘徊等待的日子太过漫长。

这回，她自投罗网了。

初夏，关着一扇门

宿舍的玻璃瓶中，一天插着一枝玫瑰。那么小小的带露的花苞。她总是在回忆里想起武汉的五月，那种初夏空气里流溢的芳香，让她生出甜蜜的心痛的幸福。

但她却往往在宁静的回忆里忽略了那个送花的人。

一直到多年后的一个下午，她在蜘蛛网般纷杂的工作中接听到一个电话，是一个阔别了很久的声音，但她还是一下子就听了出来。那种来自江南略微有些咬字不清的湿软的男声，又一次把她带到有关初夏的某些记忆。

那年她被单位保送到武汉深造，一身紫色的衣裙徜徉在菁菁校园。五月暖暖的黄昏里她收到了第一枝玫瑰。那个男孩当时只是个大四的学生。而她，从茫茫红尘而来，已是身经百战，体验了大喜大悲的女人，她又怎么会看到他的存在呢。来之前她就已经结束了一生中的爱情。但他不信。因为她还是那么年轻，甚至可以说那么妩媚。青涩的男孩爱得很深。

他每天等她下课，陪她吃饭，看她一颦一笑，甚至看她发怒的样子都觉得生动可爱。在这场爱中他逐渐丧失了自尊。他越走近，她越抗拒。她去参加学校的周末舞会，逢场作戏放浪形骸，丝毫不在意他的注视。她去商场超市疯狂购物消费，直到花完身上最后一分钱。而他总是内疚地说等我，等我去做家教挣钱给你花，给你买最漂亮的衣服。她无论如何也不能让他明白其实这些她都不需要。她不过是为了忘掉那个一直占据她心的人。他却想他可以不要自尊，只要还能和她在一起。

有一次她外出坚决回绝了他的陪同。在她看来他越来越像一个影子挥之不去。而在他，她越来越像一片云彩追赶不上。于是他开始惶惶不安地尾随她，公交车，地铁……而后她发现了他，回转身来毫不客气地呵斥。她惊讶自己何以如此对待一个爱她的人，而她又毫无办法。她不可能去拯救这个溺水的人。当她怒气冲冲穿过拥挤的车流飞快跑向马路对面的时候，她还是听到后面传来他急切的声音："小心！"

又一个初夏，他送她毕业回家。她的家在北方的大海边。像接待所有远道而来的客人一样，她陪他游玩到再也没有什么地方可去的时候，她想他该走了。然而就在离去前的深夜，他从宾馆一个人出来在海边走了很久很久，澎湃的涛声里像极了一个困兽。他想他还是不能放弃。

在那最后的一个晚上，他叩响了她的房门。天正下着小雨。他说我想和你好好谈谈。她看到了那双几近疯狂的眼睛。他准备往门里挤，她却拼命将他推了出去。她知道他在那扇紧闭的门外等了一夜。一直到列车的汽笛响了，他还一直把脸贴在湿漉漉的车窗上。

那次就是分别吧。他也从武汉分配回来时的南方小城。从此她很少再想起他来。爱，就是这样一件不平等的事情。她不会去想那个男孩又是怎样在另一个城市里承受北方雨季一直在心中蔓延的滋味。

而在这个不期而至的电话里，他们彼此知道了对方都已是城中之人。她是一个四岁女孩的母亲，而他在父母的期盼中成婚后，一个人又重新考回到武汉那所大学去读研究生。他告诉她回来第一件事是先去了她当年的宿舍。

那里想必都是一张张青春的脸吧，她问。他回答，和你在时一样。就在最后要挂断的前夕，他突然问道：你为什么不开门？她没想到过了这么多年他还记得。她又怎么告诉他自己在还是那么年轻的时候就已历经沧海，涅槃成了炼狱里的凤凰呢。纵使打开那扇门又怎样，她亦是不会再去飞翔的了。

当她还在想的时候，电话那端传来了轻轻挂断的声音。

那些在长江边上读书的日子，五月的初夏，玫瑰和泪水，伤痛和笑容，都像一张揉皱了的单程船票，在似水流年里飘走了。而此时，唯有手上的余温尚在。

焚身之舞

绝色总是在思念满溢时分，出现在“青丝坊”里。

躺在这家发廊的洗头床上，阿莫的手指会轻重有度地在她发间抚过，恰到好处的水温，还有男人的纤长手指，让绝色揉皱的心慢慢湿润松弛下来。她闭着眼睛，不知道阿莫的目光停留在什么地方。

绝色来青丝坊的次数很少。第一次，几乎是两年前。那天她穿着条牛仔布裙一个人在购物街里游荡了一个下午，华灯初上时，竟找不到归处，就看到了马路对面的这家叫作青丝坊的发廊，拎着大包小袋冲了进去。傍晚的顾客很少，几个年轻的美发师中，她的目光穿过高高个子的，穿着休闲皮西装的，还有头发金黄耀眼的，直接落到了阿莫的脸上。那是一个瘦削而面带忧郁的南方男子。头发黑黑短短，却是打理得一丝不苟，连同他的衣和他的皮鞋。

当阿莫问她想要做什么发型时，绝色说你看着怎么好就怎么做，我要最时尚的。整个晚上，阿莫和他的助理，把她的发一绺绺 S 线均匀发开拧搓成小绳样，抹上药水用锡纸包了。绝色在镜子中注意到阿莫认真敬业的样子。做事专注而投入的男人，绝色总是有种好感的。夜里十一点多的时候，镜中的绝色没了那一头疲惫的长发，一缕缕规则而又跳跃的发丝，在耳际轻盈拂过。

身心真的轻松好多。绝色终于露出了一丝笑容对阿莫说，你烫得不错，这个发型我还没见过。付账走人时，阿莫送出来，问她是不是要打个电话让人来接。其实绝色刚刚结束了一场恋爱，正无人可以托付。绝色在阿莫的注视下，一头新烫的发丝迎风飞舞，拎着一堆五颜六色的袋子，钻进了午夜时分的出租车。

后来在街上走过时，绝色才意识到，她可能真的走到了流行的前端，这个叫做锡纸烫的发型在这个城市里还很陌生。绝色在那个把长发剪去的午夜，告别了困扰她的过往，重获新生。再去青丝坊，是半年之后，发廊里坐着很多等待改变发型的女人。阿莫忙碌在他的号位上，抬头看到绝色，像看到故人，波澜不惊地说好久不见，头发长了很多。拥挤的顾客，攒动的人头，变幻万千的发型里，他还记得她。

轮到她剪的时候，还是很晚的夜色，室内灯火通明，窗外车流呼啸，绝色的心中却是一片落寞。孤寞太久的灵魂，在阿莫的指间，在阿莫站在她身旁专注发丝的一刻，竟然有些迷离。

绝色后来不知道自己是从什么时候起，开始想念，开始依赖阿莫安静守候的眼神，还有阿莫的手指和气息。她还是去得很少，但每次去，都是因为要再看一眼阿莫。从落地的玻璃窗外，她会静静地站一会儿，看着那些女人点名要阿莫做头发，看着阿莫带着职业的微笑来回周旋。那些女人中，很多出手是大方的，有钱的太太小姐在青丝坊里一掷千金，购买美丽，甚至购买阿莫的微笑。

第五次去，绝色的头发已经及腰，换了陶瓷烫，阿莫说不用太多费事整理的，知道你忙，而且懒。绝色就大胆地把目光迎上去，你怎么知道我的？我每天夜里两点睡，白天十一点醒，下午才出去做节目的。

阿莫不接那眼神，低了头去，拽着一缕一缕长发极认真地修剪，就像满眼的世界里，就只有青丝的存在。绝色又说，我染发好不好看？不如也染了吧。

好好的黑发，染了做什么。阿莫应着。

你那么多女顾客都染了发的，是你给她们挑的颜色吧，给我也选一种。绝色的声音不着痕迹，却还是逼得阿莫抬起了眼，在镜中看到她挑衅的眼神。叹了一声，在大得轰鸣的吹风机声中，他大声说，不要染，我喜欢你的黑发。

绝色终于听到了喜欢两个字，喜欢她的黑发。唇边漾起一抹得意的笑意。

十一点阿莫下班出来，深夜里的街道已有些冷清，他正想招手叫出租车，扬起的手臂就在身后的呼唤中停住了。转身时，绝色竟站在青丝坊黑暗的墙边。

他走过去，绝色就扑到了他的怀里。阿莫知道这个女孩是在等自己，坚硬的心房亦有些隐隐作痛。傻丫头，他说，绝色却迎着他的声音嘴唇碰到了他有些冰凉的嘴唇。像点燃的木炭，两个人纠缠了起来，绝色的吻带着等待太久的饥渴，阿莫的呼吸灼热，他的手指开始情不自禁地游走，从绝色已经依赖习惯了的黑发间，摩挲，然后游移到她的颈间，那里戴着一串小小的鸡心项链。绝色呢喃着，送我回家去。

阿莫和绝色坐车的时候，一直用他纤长的手指扣紧着绝色的手指。到了绝色家门口，阿莫说我不进去了。你早点睡，不要总熬夜。

绝色倒是惊醒了一般，看定了阿莫。

跟我进去，她说。不，阿莫抽出手，听话，我回去还有事。

绝色捂着胃靠在门上，看着那个背影决绝而去，强忍了不让泪水夺眶。她不愿意去想阿莫只是个每天在女人头上吃饭的男人，只是个逢场作戏阅人无数的职业服务者。

她把电话打过去，阿莫的手机号码只是印在名片上的一行数字，她只是和每一位普通顾客一样留有他的联系方式。

早晚有一天，我要你爱上我。她说。

阿莫轻声说，傻丫头，别费脑子乱想了，睡觉。

绝色一直没有再去青丝坊。她换了几份工作，连续跳槽，不再懒散，只为了薪水的高低。终有一天的黄昏，她没来得及换下那身宝姿的职业行头，走进了青丝坊。

灯火依旧通明，人声依旧鼎沸，并没有阿莫。店里的小工问她需要什么服务，她说阿莫。阿莫？他辞职走了。旁边有几个坐在沙发上等候剪发的女人交头接耳，阿莫做得好好的，怎么就走了呢？是呀，我以前常找他做头发的，手艺很好。

绝色退出来，依然是站在当初等阿莫的地方，青丝坊的墙边，一遍遍地拨电话，终于手机通了。阿莫，她叫，你为什么不等我？你在哪儿？

傻丫头，你的头发又长了吧？

我要你给我剪。

你留长发的样子也很好看。不要总剪短了。

为什么不让我染发？

因为你在我心中是与众不同的。

就在她说我想你的时候，电话断了。

绝色不懂阿莫。在这场恋爱里，她总想向前，他却分明是在退后。他走，和自己有关吗？然后她的短信来了。

有些事，我说不出口。四年前，我和来青丝坊打工的一个女孩，同居，然后分手。后来我化验出 HIV 阳性。

我想爱你。但人的生命只有一次。你要开始新的生活。以后你找不到我了。

绝色从梦境中清醒过来时，她拼命地按键把电话打过去，耳内全是无法接通的声音。

像抽去魂魄的纸人一样，绝色恍惚着往前走去，三千青丝迎风飘舞，看到满大街的繁华夜景，匆忙赶路的人海车流，似乎刚才阿莫只是开了个玩笑。

爱难释怀

那时还在上中学，十五六岁吧。她很瘦，青春发育的身体没有一丝曲线可言。寡言，内向，忧郁，自卑……几乎是她在回忆里所能想到的所有相关词汇了。

可她竟爱上了一个浪子。

那是整个初三年级最让校方头疼的学生。曾跑到食堂拿起菜刀，在拥挤的课间操场上追赶他所谓的仇人。而她，紧张地盯着他飞跑的背影，在风中跃动的黑发，竟然激动得脸红心跳。

男孩全然不知她的存在，他正在热火朝天地给她的一个好朋友写纸条。她们一起放学时好几次被他和他的手下堵住，死皮赖脸地挟持着要和那个女同学说话。有时她就在很远的地方等着，看着女同学故作高傲地板着脸，看着他故作温柔地讨好赔笑，一直到他们不欢而散。

女同学像迈过一粒草芥般大踏步向前走去时，她紧随其后，眼角悄悄滑过那张失望的脸庞。那个在校园的老槐树底下怅然若失的少年，让她心里隐隐作痛。

她总是不敢回头的。她只是感觉在他的眼里她也不过是一粒草芥而已。自己为什么这么笨呢，为什么不能像女同学那样挺着骄傲的小胸脯带着征服的灿烂而得意地笑呢?

所有的单相思的滋味，都和着那时的泪水与痛苦凝结成心中一个隐秘的块垒。

而沧海桑田中的蜕变，有多少可以预知？多年后，当她由一个笨拙青涩的女孩出落成自信美丽的女子，她得到了梦想中的玫瑰、阳光、骄傲甚至是征服的满足感。再后来她有了家庭，有了一个深爱她的男人，具体真切的生活让她一年一年自以为淡忘了从前。

直到有一天她遇到了他。

那是她作为一个合格的家庭主妇到菜市场买菜。远远地看见一群人在围观什么。她走过去，是几个穿制服的人在拉一辆卖凉菜的车子。就在那不经意的一瞬间，她看到了他。那是他吗，肯定是，这个多年来定格在她心中的身影，此时正在努力地护住车子，和穿制服的人解释着什么。最后他的车子被留了下来。他就那么斜倚在他的橱窗旁边，那么谦卑的平和的目光，而那少年的锐气呢?

她走过去买了一份小菜。他已认不出她来。不只是因为她如今的脱胎换骨，也因为当年他本就不曾过多地去留意她。

他只是礼貌地微笑着找钱递菜，还轻轻说了句“走好”。

原来不过是路人而已。这是这么多年他对她说的第一句话吧。一瞬间，所有盘桓在她心底深处的隐痛又开始沉渣泛起。

她拎着那袋小菜往前走，还是不敢回头。一直走到黄昏的街头站住，一抹夕阳的余晖斜照在她的脸上，依稀有什么在晶莹闪烁。

手机里的爱情

这是一个非常有磁性的男声，一下子就吸引了我。

“你来这里生吧，这里不会罚款。”

起初我真不知道他说些什么。他就坐在公交车的后部，应该和我隔着两排的座位。我不好意思回头望他。但他的声音确实很好听，虽说有些南方人的咬字不清，却声气清朗，甚至透着情意缠绵的迷醉味道。

“我给你安排好一切。不远，坐十八个小时的火车就到了。”

我猜他一定是和千里之外的一个女子在说话呢。

“怎么，你让我去你家过年呀？你父母还不吃了我，你老公还不杀了我……”

靠在公交车的椅背上，我暗自微笑了。想必，他和那端的女子有着千丝万缕脱不掉的干系。

“别哭，宝贝，”他耐心而低声地哄劝着，一声声温柔地唤着她的名字，似乎要从电话里伸出一只手去抚拭那女子的泪痕。

“孩子是我的吗？”他轻声而忐忑地问出这话时，车里安静得出奇。

我想一车人现在都在倾听着这样一个有些老套有些悬念的故事。

“做什么 DNA，傻丫头，我信。”

公交车停了一站，有人下车，有人上车，身后的声音还在那里继续。

“宝贝别哭了，小心哭坏了身体。你到底能不能离婚？过来找我，我等你。”

随着一声轻得几乎听不到的微弱叹息，我开始没有原则地同情起身后的这个声音。我想，所谓道德的沉重桎梏，和柔肠寸断的爱情比起来，似乎也应该退避三舍。

“什么，来不了？你还是放不下那些……好吧，我听你的意见，只要你愿意。”

只要你愿意。听到这句话，我也要暗自叹息了。南方男人的细腻柔软和北方男人的粗放强硬，总会是所有女人心中时时比较的一杆秤吧。

“做完手术多买些好吃的。过年我不回去了。你知道我的心情，我一直在想你，我爱你……”

车猛地一停，又一站到了。身后的声音传来有些匆忙的吻别之意，我想他应该是到站了。很快，几名乘客从我的眼前走过。在车门打开的刹那，我看到迈步下车的一个年轻男人右手拿着余温尚在的手机，左手揽拥着一位浓妆的女子。踏上柏油路的一刻，他用那同样好听至极的温柔声音对她说，你放心吧，她不来了。

公交车重又慢吞吞地朝前驶去。我再没有兴趣回头去看什么。那个声音，连同一段用耳朵触摸的感情，都不过是信息时代的海市蜃楼而已。曾几何时，我们的交流不再眼睛望着眼睛。说那句“我爱你”的时候，也许对方就坐在马桶上，或者正抠着脚丫子，甚至和另一个人在床上。我们隐藏在电话、手机和网络里，暂且把爱情这种东西在没有化成泡沫之前，当蜜来吸吮吧。

那场穿越非典的网恋

一

纤纤的心或许就是在周鹏掩门离去的脚步声中，一下子老去了。

三十岁的女人，红颜虽改，还是妩媚依然，却夜夜厮守了空闺，用锦绸被子裹紧了自己，在寂寞无边中睡去。

纤纤没有爱过周鹏。她曾经深爱的人只有一个，那是林可。那个在她生命里刻下最深烙印的人。可是，一个屋檐下吃睡了六年，她是把自己交付给了周鹏，做他的小娇妻，让他带着自己在生意场里出没，一个小他七岁的女子，一个名牌大学毕业的才女，如何不让他的朋友们艳羡。周鹏在他们当中，穿着笔挺的西装，白净的面庞，臂挽着美丽的沈纤，嘴角带出一个儒生志得意满而又谦虚低调的微笑。怎么看，他们也是众人眼中的一对璧人。

但是纤纤知道，她交付给周鹏的，只是身，不是心。她的心留在了当年遗失的地方，另一个男人的身旁。她也知道，周鹏对此心如明镜，彼此却是心照不宣。

纤纤就想，什么时候周鹏开始不能再容忍下去了，什么时候开始厌倦自己了，她的灾难也就来了。婚姻，是她的避风港，她从来没有想过有一天会失去它。但总有一天那个结局会来临。纤纤无时不在诚惶诚恐地等待。然而，当这一天终于没有征兆地来临时，她的脸还是一下子灰到了极点。

周鹏走得决绝。没带走一件物品。他的内衣、西装，可以随时从商场买到。而她，面对着桌上他留下的那张信用卡，连看一眼的勇气都没有。他递过来的时候，她没有接。她的眼泪瞬间溢满了眼眶，她知道那意味着什么。周鹏居然还轻轻地拥了拥她，伤感地低语，纤纤，从此你要好好照顾自己。他无情至此，却要连分别都做得这么温情脉脉。

直到听到关门声，周鹏的脚步声远去了，纤纤还呆坐在床边，无知无觉。在这样一个寒冷的冬夜，她知道，她将就此独对前路了。她生命中的两个男人，她谁也不再拥有。林可，那个曾伫立在五月风光里的翩翩少年，早已身在天涯，远在海南，或许已为人夫，为人父，和另一个女人在讨论计算着柴米油盐的日子。本来她应该是他生命和生活中的女主角。但是她放弃了。那些因爱而纠缠的岁月，早已留在了20世纪。

二

纤纤换了新的手机号码。断了和周鹏的联络。就在她咬着牙重出江湖在写字楼里打拼的第三个月里，非典来了。这是一场史无前例的灾难。世界仿佛一夜之间暗无天日。人们谈非色变。纤纤周围的女子们再也没有人敢穿着裙子露着美腿招摇了。纤纤也和她们一样，全身严密包裹，上下班的途中只露出一双眼睛。

因为灰心，纤纤又玩命工作，几乎放弃了对自己的珍爱，食无定律，寝无定时，抵抗力最低时分感冒袭击了她。流涕，咳嗽……非典期间的感冒非同小可。纤纤感到如芒在背，周围的人躲着她，像是回避着瘟疫。

纤纤自觉地去告了假。老总在空旷的办公室，隔着宽大的办公桌远远地询问了几句病情，嘱咐她好好休息，调整好了再来上班，薪金就不扣了。知道她是业务单位周总的前妻，他想从她脸上找到弃妇的痕迹，却还是不由感叹，到底是受过高等教育的人，心理素质够强，那份从容淡定让忧伤无迹可寻。纤纤转身走时，他想，世上的男人有几个是知足的呢？

纤纤的忧伤刻骨，是在心里。一个人回到空空荡荡的家里，像极了一只蜷缩的流浪猫。纤纤不吃饭，她觉得烟火已似前生的心情。窗外的空气里非典流毒肆虐，谁人安知生死。像她，一个被抛弃的女子，一枝无爱滋润的花蕊，等待她的应该就是枯萎的宿命。

生死由命吧，她想，但是孤独牢牢缠结着她的身心，握住酒杯饮下的苦涩，无法麻醉她的神经。她是不甘，还有萤火在她的灵魂深处跳动，便如那黑暗中的玫瑰，等待为谁人开放，却又无人可解风情。

午夜时分，她爬起来，披了一头及腰的卷发，只穿着单薄的真丝睡衣在电脑前坐下，进入一个聊天室里。可能是非典的缘故，蛰伏在网络上的人多如过江之鲫。以前因为周鹏，在他那双审视的眼睛里，她从来不在网上聊天，只为不让他觉察到她的那份无可倚傍的虚空。

进去的时候，她随意起了个名字，寞寞孤城。她不说话，只看着聊天室里来来往往的人烟。寞寞孤城，这个名字在午夜的聊天室里分外清高孤寂。

这时，聊天室里跳出了一句话，她看了看那个名字，茅草屋。忽然就对这个名字有了好感。茅草屋也罢，豪宅别墅也罢，只要有爱存在，在哪里不是一样的呢？也许茅屋胜却天堂。而她，这藏在暗夜里的灵魂，却是流浪的，连一个茅屋也无人可收留。

她轻轻说了句“你好”。她在网络的江湖上是被动的，但又像是个不动声色垂钓的高手，只等愿者上钩。甚至她想，那个肯看到她存在和她说话的人，应该是可以和自己的心灵通航的。

茅草屋问：“今夜，你愿意做我的新娘吗？”

难道又是一个无聊的浪子在这里寻欢？可为什么这样的语言，令她不忍。她问：“现实中，你有自己的新娘吗？”

“在我的生命中曾经有个女孩，但她离开了我。”

纤纤心里再动，怎么听着像是林可。当初她走的时候，是在那天的清晨，天还没有大亮，林可醒来枕边寻不到她的时分，是怎样地恐慌，他开门赤脚跑到街上追她的时候，正看到她拎了自己小小的行囊钻进了出租车，绝尘而去的身后，是林可喑哑悲沉的呼唤：“沈纤……”

那一声，定格在心至深处，余音绕梁，整整七载。多年来，她的梦里还会出现那声呼唤，那份绝望，那份痴缠……让她午夜梦回再次泪流满面。倏然醒来，枕边不是林可那浓情缠绵微微翘起的薄唇，而是周鹏宽阔的额头、微蹙的眉心。

林可，林可。纤纤在心里叹息深深。是她松开了林可的手呀，把他一个人扔在了那间准备结婚的空房子里。走时，衣柜里还挂着她的内衣，从此留给林可相伴长夜。

隐痛在夜里直接刺向心房，她没有做成林可的新娘啊，她再也做不成林可的新娘。

纤纤在键盘上敲下一行字：“你的茅草屋是给谁住的？”

“我留给最心爱的女人。我一直想找到她。”

纤纤的泪就跌落到夜的寒冷空气中，她恍惚以为那是林可的声音。他后来一次次找她，她躲起来不见面不接电话，直到在新婚的蜜月里，听到林可自残，用刀割伤了臂腕。她在周鹏的陪同下去医院看他。两个男人从前互不相识，但是那次，他们把对方都钉到了心底。周鹏的手，那么自然地揽在纤纤的腰际，林可一瞬间的凄怆悲凉尽收纤纤的眼底。

林可在他们面前把眼睛紧紧闭上。他心碎心死的断裂声在纤纤的心底轰响。直到纤纤走出病房，林可的眼睛也没有睁开。纤纤将最深的痛饮下，却在周鹏的臂弯里巧笑嫣然。周鹏的眼睛在明亮的镜片后看定了她，竟然有一丝不可捉摸的忧伤。他低下头去吻她，唇齿之间痴缠，不许她有反悔的可能，他也吻到了咸咸的滋味，那是纤纤为林可终无法隐藏的眼泪。

茅屋虽破，能避风雨，纤纤曾经嫌弃过林可的茅屋吧？

“寞寞孤城，这样的暗夜，你在等待着谁？”茅草屋像是洞见了纤纤迷离的眼神，同她一般叹息。

纤纤只去倒了一杯水，回来就看到茅草屋说：“我真怕你自此消失在世界的尽头，再也看不到。”

就像是寻着温暖灯火而来的飞蛾，纤纤堕入一张网里，这是茅草屋在午夜时分织就的罗网。因为非典而黯淡的长夜，开始成为两个人的美景良辰。当非典让生命脆弱的本质暴露无遗时，也许彼此灵魂的孤寂无助是一样的。网络似乎更像一个世外桃源，暂时把瘟疫与生死隔离开来。两个躲进网络寂寞转身的人儿，不早一步，不晚一步，就遇上了，撞个满怀，无端更生了一点贪恋。

此后的数天，纤纤拔掉了电话线，关掉了手机，断了外界的一切音讯，不吃不喝恹恹倚在床头，怀抱了笔记本，在窗外无边的纷扰绝望里，宛如抱紧了一棵救命的稻草。而茅草屋也常常逃了班，日夜在网上陪着她。网上燃起的烈焰，迅速蔓延升腾。

每每她粒米不进，却会心疼地嘱咐上他一句，你要记着吃饭，我不想看你饿瘦的样子，一定不好看。

给我做饭，陪我在家一天，你愿意吗？茅草屋问。

我想给你去做，但我的厨艺很差。

他就温柔地说，宝贝，你不会做饭，我们结了婚可怎么办呀？

都饿着好了。纤纤把这句话当玩笑。

然后他兀自说下去，我以前曾给她做过饭，她走后，我决定不再宠任何一个女人。但是从此为你，我愿意再下厨房。

纤纤的泪落下来，她说，为什么你来得这样晚？是谁让你在这里等我？

他冰雪聪明，猜到了她是在哭，哄她说，不要哭了，我给你讲笑话吧。然后就一行行的字打下去，卖力地要逗她开心。他说我从街上买了一挂鞭回来，你马上就要点燃，我劝你不听，和我赌气，大喊着我非点，我非点，结果你让救护车给拉走了。

这大概就是这场灾难降临里流传最广的笑话，草木皆兵，风声鹤唳，带着几许悲情的嘲弄。纤纤听得反更心酸难抑。良久在泪光中，她说，早晚有一天我也会被救护车给拉走的。他放弃了哄她，叹息着说，宝贝，你的泪流进了我的心里。

三

夜半，纤纤灼渴而醒，感觉到全身热烫，挣扎着爬起来去接水时，脚下无根几乎难以支撑。在如梦境的迷幻中，她的泪顺着眼角滑落发间。她想，生又何欢，死又何憾，沈纤呀沈纤，你命该如此。哪里还是当年那个傲慢的公主，你只不过是个弃妇啊，躲在这里苟延残喘。

第二天阳光挤进窗帘的时候，纤纤忽然听到敲门声。悚然惊醒，知道一定是居委会的老妇人在挨门挨户地检查登记，好紧的风声，她不想被隔离，不想再走出这个门去见天日。叩门声声，先平缓，后急促，纤纤只是咬紧了烧得干裂的嘴唇，不应。

良久，室内归于更深的静默。纤纤强睁了沉重的眼皮，怀里搂着她的本子，倦怠无力地在屏幕上敲下一行字：昨夜发烧，我一定得了非典。

他急回，这么大的事你怎么不告诉我。不要乱想，快去吃药。

我不吃。生死由命。

茅草屋那边着了急。听话，你去吃了，阿莫西林，还有板蓝根，我小时候妈妈常让吃的。你不吃，我就不讲话。

接着任她怎么戏弄他，他果真不再开口。

那个时候，纤纤的心是最痛的。始终不明白，为什么最爱，也是最痛。就像想到林可，就像这非典时期里的网遇。她还会这般深情地爱上一个男人，一个像极了林可的男人。应该说像极了林可的当年。执拗，却情怀挚热。

像对着十年前的林可撒娇使性，她说我不想吃，我要你喂我。

亲爱的我何尝不想亲手喂你。我很快就出发到你那里去。你发烧应该马上去医院。

两个城市，高速驱车也要七个小时。各个路口关卡森严，她说，你不要来！

第二天的傍晚，纤纤迷睡中听到了手机短信的叮咚声，他说他已到了这座城市。

我陪你去医院。

我不会去的。我会传染你。

傻瓜，你要是真得了，我还去娶谁当老婆？

纤纤抱了枕头，掩面大哭。她弄丢了林可，失去了周鹏，在这样一个求死的垂危时刻，居然还有一个男人肯来救她。如果还有今后，如果还能重生，她愿意放弃这豪宅，就此与他停泊茅屋，吃糠咽菜，永远相随了去。

她回了短信，我现在的样子很难看，不会见你。

傻瓜，这时候你还在乎你的样子。我不嫌你的。怕传染我就不来了。

你快回去，不要住这里的饭店。我真的去吃药了，相信我，我会为你好起来。

亲爱的，等你好起来，有件事情我要告诉你。茅草屋欲言又止。但纤纤已在药力的作用下迷迷糊糊入了梦。

那个夜晚，在纤纤所在的城市里，茅草屋安静守候，一个人徘徊在清冷空旷的长街，祈盼着这座城市里那个叫作寞寞孤城的女子为他坚强重生的一刻。

四

纤纤半个月后第一次走出了房间，面容苍白憔悴，却是难掩寒冬过后苏醒的光芒。那天，她用短信告诉茅草屋，她跑到商场，买了他最喜欢的女装品牌，艾格的蕾丝衬衫和暗纹长裤，这一点，他也居然和林可的审美这般相似。

这个时候你也敢去商场？我的大小姐，你有没有得到我的允许？

她说她要穿给他看，不管他的茅屋怎样的风雨飘摇，她说她愿意做那荆钗布衣的王宝钏。

那端的他惊喜莫名，几乎要欢呼雀跃起来，这是真的吗？

忽然地就局促起来，像一个做错事情等待原谅的孩子。他说有件事情我一直想告诉你，但我要请求你答应我，在我说出来之后，你一定不要生气。我要听你说“你爱我”。

我爱你。纤纤终于说。

我也爱你。答应我，你会原谅我。

我答应。到底什么事情，你不会也得非典了吧？纤纤笑嗔道。

你听说过姐弟恋吗？

什么，你——还——小？纤纤艰难地打出这三个字。

我不敢说，是因为怕你不要我了。

你多大？

二十一，大四。

你骗了我……她的心一瞬收紧。紧成一块疼痛的顽石。

不，求你听我说，求你……

不容听下去，纤纤的手已然抖动得厉害，她按了退出，一下子跌回到现实的世界。

茅草屋曾经告诉他，他是三十三岁的独身男子。纤纤曾与他在网上相约，要一起去看烟花的，就像是去赴当年林可的约。曾在几天前的一个晚上，茅草屋用短信问她，你在哪里，怎么一晚上不理我，我在山上看烟火，好美，像看到了你的倩影。她说，傻瓜，我们的爱会不会像那烟火，请你告诉我。

还用告诉答案吗，这场网恋真的成了稍纵即逝的烟火。

她的手机在黑暗里骤然的指示灯闪烁不停，短信里茅草屋哀哀央告：只想再听你说你依然爱着我，直到地老天荒下个世纪末，我没有欺骗你的感情，更无法隐瞒对你的依恋。

黎明，叮咚声又起——你还在生气吧？为什么你不相信我爱你呢？我知道你不会给我回话，你昨晚哭了那么久，今天怎么上班呢？你不爱我，其实你只爱你自己，不是吗？

睁眼挨到黎明的一刻，纤纤作了个决定，她要去看一眼茅草屋，给这场爱恋一个了断。在彼此常去的网络社区里留言，语气不容商量。她说，我现在就出发，到后打电话给你。

茅草屋焦急万分，回短信：这个时候你来是不是不要命了？我们要见面的，但不是你来见我，而是我去见你。你在原地等我，我现在就出发。

不，我已在车上。纤纤回复。

长途客车依然是行人不减。进门时检查的白大褂拿一个什么东西在她额头上照过，才予以放行。车里空气浑浊。纤纤戴着十多层的防护口罩，紧紧握着手机，那是维系她与他之间唯一的连线。

中途，收到他的短信：你想吃什么？我点给你。

温柔如昨，无处不在，纤纤却已不能再浸沉其中，在痛中怀了一颗决绝的心。很多负累，原是要见一面才能放下的。

只有记起，才能忘记。

五

人流都走光了，她才最后一个慢慢走下车来。

应该就是他了，华灯初上的城市，有晚风吹过，却因了灾难的突袭而弥漫了寂寥的气息。站在对面马路梧桐树下的大男孩，他竟然有着和林可一样高挺的身材。没有了少年林可那略带戏弄的坏坏神情，眼前的茅草屋，俊美温柔，因失眠深陷的眼窝掩不住青春的阳光气息。

纤纤就那样远远地站着，微笑着直直地看着他，像要把他深深地画到心底里去。那几乎让她迷醉的网恋，那是几乎让她放弃所有不顾一切来投奔的爱人啊，他应该属于另一个女孩，一个和他青梅竹马的女孩。就像当年大学里的林可和她。情投意合，风华正茂。

我要回去了。她轻轻地说。茅草屋恍然一惊，逼人的沉默中，一双亮黑的眸子看定了纤纤。何其干净而忧伤的眼神，一如故人，刺痛着纤纤的前尘旧梦。

陪我吃晚饭吧，你早就答应过我的。

说完，他先自转身向傍晚的树影下走去，那里停留着他的单车。执倔的身影，清冷地投向路灯下落寞的街道。

纤纤终于还是随了他去。多少回了，在网上与他相对，她想象着他是当年的林可，想着要和茅草屋去过凡俗的生活，红尘万丈，她情愿就此坠落。多少回，她说她愿意为他笨拙地做上一顿餐饭，把一个女人最真切的爱与关怀融入一蔬一汤的卑微俗世里。

坐在他自行车后，她尽量保持了距离，这座肌肉坚实的背啊，她不能去依靠。在她那些发烧的日子里，她自己一个人躲在家中，唯一知道她发烧的人，就只有茅草屋。那个时刻，她的性命悬于一线，似乎都系在了那条虚拟的电路上。他们相依为命，像两个陷入绝境中的小动物用体温来彼此取暖。那些天里，他们每天谈论交换着两座城市里又增添了几例新的病人，内心惶恐不宁。漫漫长夜里，她告诉他心中有种绝望在蔓延，一个人多么脆弱无助，大难来临只有听天由命。他马上在那端说，世界末日的时候，我的心中只有你，如果真有毁灭的一天，我要抱着你，直到你的心底有了破碎的痕迹，让我们一同离去吧。那正是愚人节过后张国荣化蝶而去的时分，她和他在网上倾心，背景音乐里听的最多是一首《从零开始》，张国荣的声音低迷，他唱“人海中能和你相遇相对……”

纤纤如梦。非典里做过的美梦无法同面前的茅草屋接轨。但二十一岁的爱，纯净的像非典之前这座北方城市的蓝天。十年前与林可的牵手，不也是在这样的青葱岁月吗?

纤纤在餐馆坐下来。眼前的大男孩额头沁着细密的汗珠，亦不言不语不抬头，就像是知道抬头了就会看到梦破碎的尽头。饭菜端上来，茅草屋才轻轻道，我特意让他们为你炖了鸡汤，你病才好。

他小心地擎了勺子，送到纤纤的唇边。

彼此强忍的泪就滴进了汤里。

出去的时候，城市灯火阑珊。茅草屋去推自行车，一失手车子倒地，纤纤帮他去扶，两只手无意间一触，黑暗中纤纤的手就被他握住了。

他反身擒了纤纤，霸道地塞进怀里，浓密的发就压了下来。唇齿间的痴缠，来得是这样的突然，纤纤几乎抵挡不住面上耳旁发间的滚烫气息。二十一岁有错吗，难道二十一岁就不可以爱一个人吗？茅草屋带着恨恨的嗔怨，更深地吻下去。他含糊地在她耳边低语，你答应过我的，做我的新娘，你还记得吗？你怎么能不要我了？你好狠心。

纤纤用双臂纠缠在他的颈间，像一根水草，绵软攀附。那一瞬间她是迷失的，难道这是冥冥之中的宿命吗？十年前的林可十年后的他，在眼前心底交替闪现，怎么就可以轻言离散？她踮起脚尖，去应他的热吻，舌尖之间的石光电火，迅速点燃两个人的身心。便是末日来临之日，情愿就这样纠缠了相随了去。

有些时候，有些缘分，是注定的，是天意。此时纤纤的手机响了。指示灯执着的闪烁不灭，不早不晚，是周鹏的来电。纤纤的手不知何时从茅草屋身上松开，无声地滑落。

公车驶近的时候，纤纤对他说，我们握握手吧。轻轻浅浅如仓皇的飞鸟羽翼掠过，她快速地抽出了手。

坐上车时，她的手机短信就响了：难道你再没有一丝留恋？

你很好看，是个好小伙子，我走了。

不，回头再看我一眼，我就在你的身后，我要你等我到大学毕业。

心中多少潮汐涌动，但注定不能回头。两行清泪迎着扑面的风沙滑向白色的口罩里。别了，茅草屋，纤纤在心中说，王菲和谢霆锋只是神话，他不是她的林可，也注定成为不了她的林可。

或许她想要寻找的只是一个林可的影子。年轻的林可，在五月的夕阳里看着她浅笑的林可，在初夏的夜空下拥着她细数繁星的林可，在京城的长街上追随她纠缠她一路奔跑的林可，在清晨的薄雾中离去的一刻黯然销魂绝望呼喊她名字的林可。她，沈纤，已经永远寻不回了，她把他就此丢失了。

而茅草屋，她亦是爱过的，但应该是网上的那个男人，哪怕跛了腿，哪怕染了残，她亦是不嫌的。但恰恰不应该是身后的英俊多情少年。

短信又响，一行字刺向眼底：为什么你把我推向沉醉的深渊？

纤纤猛地抵住了心口。痛，岂止是他？

汽车卷起一路尘土飞扬向前。

穿越非典我陪伴着你。

穿越非典我爱上了你。

穿越非典我来看你。

穿越非典我离开你。

穿越非典的一场网恋，在 2003 年 5 月的某个下午戛然而止。

尾　声

电话接通的一刻，周鹏的声音焦急地传来：你在哪里？宅电无人接听，手机怎么也换了号？我上个月来广州开订货会，因为非典一直没能回去。有件事我一直没告诉你……

接下来纤纤耳内听到的话，让她生出今夕何夕的恍惚。林可，非典，广州，作为医生被感染，隔离，出院……劫后余生的林可和困在广州的周鹏见了一面。林可已赶回这个城市十余天，哪里也找不到她。他给周鹏打电话，周鹏通过她的上司才查到她现用的手机新号。

纤纤想起上次病中的敲门声。手机里的周鹏终于释然地说，林可在等你。

第五辑　如是我评

江湖踏雪泥

在这样一个清寒的春夜，一盏烛光下，我合上了野夫《乡关何处》的最后一页。

从最初的惊喜，到其间的质疑，却在最后，深陷在未解的愁肠里，泪光欲浮。

一本好书，情怀撼人，鉴定完毕。

要知道，这些年来，我还没有囫囵读过一本书。它们积堆落尘，总是成为我睡前的催眠神器。

或许，野夫和我有某些相契的心灵密码。我曾在纸张中的武侠世界里浸泡，对所有的义与侠的精神和举止都心有戚戚。而他，却是于现实的残酷与凛冽里，左突右冲，侠气透骨，用一本薄册，片段地重现那些江湖夜雨十年灯的历程。一句乡关何处的叩问，引发的是夕阳瘦马、江湖落拓、长歌当哭、天涯浪迹之种种境遇。

通篇文字，恍若他在日落前吸着烟，极力远眺着日益凋敝的故乡。又或者在大雪纷飞的寒夜，温酒炉上，落寞地在书桌前打捞起一个个远去的旧身影。他们湿漉漉的，带着诡异的摄人魂魄的气息，还原在野夫的笔下……

在野夫的江湖里，飘零数载，恩仇仍在，不能释怀。“而我，若干年来却像一个遗老，总是沉浸在往事的泥淖里，在诗酒猖狂之余，常常失魂落魄地站成了一段乡愁。”野夫是怀旧的，恰恰如此，他才可以将那些故乡的人或物定格在岁月的廊道里，不被光阴湮灭。

而他笔下的故乡、故人，又如此的悲怆。“尘世间的际遇，于我算是略显一点奇特的”，外婆，母亲，故人，死党，友朋，无不带着宿命般被诅咒的命运，在那块土地上，或者说在那段时代里，盛开或者凋零。尽管卑微，却如野草蓬勃，作者记忆里的那点烛光，穿透纸背依然带有烫人的温度。

刘镇西为他送别，极力要作者给予薄面，饭菜竟只是做来给客人吃而已。穷困潦倒的一家人只道提前吃过坐于席下。眼盲的东道主，文盲的妻，年幼的小女儿，一家三口为他清唱送别。陋室里二胡声盘旋，喑哑的男声、干涩的女声、清亮的童音夹杂其间。饮者席间低泣，读者纸外神伤。人间苦情，竟有此种！

作者写他流放的书斋，从捧盆接雨的楼梯间，到面对青山墓地的“邻坟庵”，客居海南，那个入海口畔只能席地而卧的“也是家”，落魄归乡租借一隅，黄鹤楼下的“握火亭”……人生颠沛流离，能有处这样的火柴盒容纳一桌一椅一榻，靠墙垒书，枕书而眠，也让读者一同欣慰不已。那些人生中收容过我们的屋檐，曾为我们遮挡过风雨，不至于流落街头，足矣让人心怀感恩，回首留恋。

江湖，游侠，刀与血，泪与苦，潦倒与凄厉，惨烈与柔情，怎一个“浓”字了得。或许可以说野夫用力过猛，或者可以批他煽情。但是，你又怎可轻下断语，怀疑他不是这样一个另类异士？怎么就难以相信这近乎人间绝迹的真性情？

前些时日和朋友聊天，她提到网上对野夫为人诟病日多。恰彼时正是我读至书的中段，多少感觉到他时不时文中透露出来的标榜之意，也略有微词。不过，我无心追看那些诟病之字，只愿将书读完，以自己的眼睛做判断。

一镇一镇地走过来，如同随他一同回故乡，仿若听到窗外呼啸的岁月风声。最后在书本的尾页，我同他们姐弟三人一起停步下车，遥望河对岸西流村那些破败的吊脚楼。物是人非的挽歌里，伤感莫名，竟在夜色包裹下的室内，枯坐了良久。

这些就足够了吧。在他描摹的江湖里，人世苍茫，曾留下这些雪泥鸿爪，动人心弦。鸡蛋好吃，又何须去考证生它的鸡是黑是白是花呢?

你满口都是爱，却迟迟不肯来

2016年，娱乐圈和体育界发生了很多让人看热闹的明星私事。结婚的，离婚的，出轨的，复合的，无限地演绎着红尘里的离合聚散。

其实仔细想来，他们虽然身披光环，感情世界又何尝不是和我们普通人一样，不超脱，受局限，有执念。他们的眼泪和笑容，与凡俗的我们一般朴素，几无二致。

这一年，舒淇终于嫁了人。这个被捧为女神的大龄姑娘，和多数女星一样情路坎坷，让无数看客心生疼惜。十八年前她遇到黎明，正是青春好年华，却做了七年天王的“影子女友”，最终黯然分手。之后，兜兜转转，摇摆不定，一直到四十岁这一年，有了人可托付终身。国人看待女人的幸福，始终是感觉能终获一嫁，才算圆满踏实。否则女神纵然再高高在上、风光无限，也似飘荡云端，没有落脚点。

舒淇嫁的人是冯德伦。他最著名的身份，不只是艺人与导演，还贴着莫文蔚前男友的标签。当年他和小莫也有长达七年的姐弟恋，如今却把那枚闪亮的婚戒，戴在了舒淇的手上。我们是应该为舒淇欣慰，还是该为莫文蔚唏嘘？

不过幸好，莫文蔚早在五年前，就已找到了自己的真命天子。

这个生着俏皮笑容的女子，浑身透着一股子性感和洋气，她迷人的声线鲜有人及。我在想，如她这般才华与美艳兼具的女子，怎么也会小姑待嫁到四十一岁？

等不来冯德伦的承诺，她选择了转身。身后，是她十七岁时的初恋，一个高大帅气的德国男人。恍若童话故事般的美好情节，演绎在莫文蔚的身上。她在网上晒出的两张照片，一样的两个人，一般的旧风景，一样的甜蜜依偎，中间竟隔着二十四年的时光。十七岁时的她和他，四十一岁的她和他。没有一路风尘里划出的沧桑伤痕，有的只是在岁月打磨中愈加发散的成熟与妩媚。

他们终成眷属。不由得人感叹——原来的地方都已经改变，你还在我身边。

我一直喜欢的内地女星是李小冉。尽管她至今没有大红大紫，但是她长得非常漂亮，耐看，演技也一流。一部《来不及说我爱你》，因她和钟汉良的入骨演绎而柔肠百转，催人泪下。

可是，李小冉前几年的情伤也令人动容。她苦恋鄢颇，七年无果。

美人再高傲，也想等婚约，奈何男方迟迟不肯表态。结局仍旧是黯然转身。却在下站的拐角，得遇良人。她嫁给了制片人徐佳宁。自此情感世界里不再鸡飞狗跳，而是安逸静好，不再有波澜。泪水盈盈楚楚可怜的李小冉，也许只能存在于荧幕上了。做了徐太太，那些为情纠缠所困的故事，都仿佛是前世了。

写到这里，恍然发现，这些桥段里，竟然一次又一次出现了七年。七年，是爱情的劫数吗？那么久，两千五百五十五个日夜，她们守着一个人，一份情，拼着全力地爱着、等着，不肯走开。

难道，不等到七年，还不会破灭那星残存的希冀吧？不等到七年，内心还堆集不够那沉甸甸的绝望吗？

可是，女神一般的她或者她身边，是犹疑不定的男子，兑现不了承诺。他说的话一定是动听的，一定是爱你的，但他的双脚总是在原地打转。他说，再给我些时间，我在走呢，但你知道，你已奔跑出好远，不得不一次又一次停下，回头等他能够追上。这样的戏码演多了，是会累的、倦的。

在别处看到过一句话，很是心有戚戚焉——“某个人欠你的，会有另一个人还给你，包括爱情。”

譬如钟丽缇与张伦硕，伊能静与秦昊，贾静雯与修杰楷，相差了十来岁的年纪，仍然能爱得人见人羡。在旧爱里伤痕累累，却在新欢里被宠成少女。

原来，并不是因为你不够好，而只是你没遇到那个对的人。他甚至比原来的那个男人更英俊，更年轻，更富活力。但他，却绝不似前任那般举棋不定、拖泥带水。看到了，爱上了，就拉紧不松手，干净利落地娶回去。

就如这几天刷屏的林宥嘉的求婚——“就是今天，我要把你定下来”，让多少历经沧桑的女人，依然泪落。

他说——再也舍不得你的人生继续浪费在没有规划的时光流逝中，我必须带领我们，让我们的画面明确。

一诺千金。网友说，这样的求婚谁不嫁？

林宥嘉是个年轻的帅哥，却并不因为年轻而缺少了庄重和仪式感。他的担当和果敢，甩出那些狡猾犹疑的老男人好几条街。

遇上夜华，始知情深

夜华。一位男神的名字。

男神是真正的神。四海八荒，六合之内，天地之间，天族太子，少年储君。

此话听来荒谬。但是，近月余来，这个神话故事已经普及了万千观众，众神众仙亦捕获了万千眼球。

坚挺上扬的收视率，大热至火的仙恋剧。

一部《三生三世十里桃花》，让我们始知有位夜华君。

网友有一句话特别经典：我本来是来看白浅上神的，结果爱上了夜华。

深以为然者多如过江之鲫。

那是夜华的深情使然。三生三世，痴恋一人。哪怕放弃所有，拼上性命，无悔无怨。

极致得让人为之动容。

第一世。他是墨渊未曾投胎的胞弟。隐于金莲仙胎，元神养在墨渊的体内。同他的兄长一样，他也爱着那个活泼伶俐、女扮男装的小司音。常常伴在她的身旁，对她深情凝视，喃喃低语。她看不到他，亦不知有他。

墨渊灰飞烟灭时，他不得不去投胎。临行前，只有个模糊的影子来向她告别。

阿音，我要走了。且不知再见时，我会否记得你……

第二世。他已是天庭太子。英姿傲世，明珠般耀眼夺目。

下凡收服赤焰金猊兽，因缘际会，邂逅了凡人女子。竟突然动情。他迷惑，为什么似曾相识，那滋味像是上辈子丢了什么东西一直没找着，历经千万年过后，终于叫他找着了。

这一世，她是落入凡尘忘却前世的凡人。傻傻呆呆，轻信单纯，却被他视若珍宝相待。二人对四海八荒行大婚之礼。他给她起名素素。

仙凡之恋恩爱短暂，阻力横生。不得不带她回到天庭。这一世，爱初见，情至深。怎奈她劫数难逃。他将千种柔肠生生掩藏住，想要护她周全。却留不住伤情失意没了双眼的她，生无可恋，决绝地跳下了诛仙台。

那一瞬，他好无助，竟抓不住她飘落的一缕衣角。毫无迟疑，他亦纵身一跃，尾随坠落。

独活于他，生有何欢，死又何憾？

这一世，他欲舍命相随。

第三世。东海赴宴，偶遇青丘女帝白浅，那个从未谋面的未婚妻。

此时，她是地位尊贵的上神，高傲冷意，无心风月。一颗心，只守着师父的仙身，固执地等待。

曾经，他以为永失我爱，此生再也不会有欢颜。却万没料到，那深爱的人，竟然又死而复生，鲜脱脱地站在自己的眼前。

那一刻，所有的情愫都复苏，所有的死寂都惊蛰了。

初见梦里人，悲喜交加之情最难描画。他脑中轰地一声。抑住一颗狂跳的心，忐忑上前，唇边携了丝三百年来皆未有过的笑意，轻声搭讪："夜华不识，姑娘竟是青丘的白浅上神。"

她已忘记前尘过往。他只能将一颗初心，热烈地紧捂在胸口。一切，从头来过。他不提那些过往，让她以为只是初见。他要的爱彻底而纯粹。他要她重新爱上他，而非拿旧情去绑架。

他知道她对师父的情谊。为让墨渊早日复活，必然要去东海瀛洲盗取神芝草。那守护仙草的四头凶兽不好惹，他不肯眼看着她去犯险受伤。

于是，骗她守好结魄灯三天三夜不能动，自己瞒过所有人，决然代而往之。失一手臂，散尽一身修为。命悬一线。

炼就的仙丹即便托折颜送去，也不要透露是他所为。他不要她有心债，更不要她仅存感动。

这一次，他为她拼尽所有。

第三次舍命，是替她去若水封印擎苍。

翼君即将破钟而出，他知道她会不辱师命，不顾安危前往封印。他尾随着她，再一次绊住她不得靠近，独自代她去上阵。

这一次，他真的没了命。

这样的夜华，的确只应天上才有。

网友描摹他该是天蝎座男子。冷酷，执着，霸道，腹黑，深情。对素锦，自小长在一起又如何？不爱便是不爱，没有什么日久生情，没有什么内疚心软。在我面前，你的所有伎俩都失效，你的所有表演都看穿。

三生三世，只对一人独钟。

顺道再提一提白浅在少女时代曾经心动过的人——那位终日郁郁寡欢的翼君，离镜。

长年醉花眠柳的倜傥皇子，偶遇司音，亦是一见倾心。情书不断，攻势猛烈。大概在昆仑墟守望苦等的日子太过无聊，生生和思慕他的玄女暗通了款曲。被司音撞见的时分，惭愧纠结，不得不说什么有缘无分。知道覆水难收，只得黯然离去。

与玄女结为夫妻的七万年，每一天都在念着司音上仙，醉生梦死，不理朝政。当年作别之初，司音曾到翼界去向他借用玉魂。因了对墨渊的嫉妒，他谎称找不到玉魂。被玄女羞辱一番之后的她，发誓自此恩谊两绝。

同样是爱，同样是出于对墨渊的嫉妒，两个男人，表现迥异，选择截然。

一个为爱舍命，只要她心心念念的，他愿意成全她。

一个为爱沉沦，后知后觉，错上加错。最后发现，他什么也没有为她做过。

爱，是含在离镜口上的，辗在心头的，困在精神上的，却不曾真真正正迈出过半步的枷锁。那般虚无缥缈的爱，白浅又要它何用？

这就不怪他在青丘守了几个日夜后，听到路过的白浅郑重正色说出的那番话，而汗颜落泪、追悔莫及了。句句如刀，割肉剜心。

诱惑在前抵不住，得不到愁肠难解。从未怜取眼前人，一生俱在追悔中。

守着这样一个人七万年，倒让人对讨嫌的玄女都生出些许同情之意。

说到底，离镜于白浅，算朵烂桃花。

而墨渊，终因做人师父的尊崇地位，师徒漫长岁月的隔离，而成为一段擦肩错过的缘，只能算白浅命中的准桃花，还未及盛开，便已凋零。

七万年沉睡后醒转的墨渊，听到小十七吞吞吐吐地说，那个和他长得极像的弟弟，已投胎降世，并且是她的未婚夫时，端茶水的手一顿。

他低头润了口嗓子，半晌，不动声色道："这个选娘子的眼光，唔。"

他唔什么，起初读书时还真没留意。现在想来，那未尽之言，大概如此：唔，这个选娘子的眼光，竟然和为兄的我，一模一样。夜华，你若晚生七万年该多好。

墨渊的遗憾，大概只有折颜明了。

而只有夜华，来得正好。

没有早一步，也没有晚一步。三生三世，一条红线相牵。姻缘命定，相爱在前，相识在后，却是三生三世，一双人。

夜华这一朵，是白浅上神最正的桃花。

说句好话很难吗

语言是奇妙的东西，它无形无像，却可在脱口而出的瞬间，化作蜜糖或者砒霜。

有类人，天生不善表达，向来沉默是金，寡言少语，满肚子的话都可以憋着不吭声，倒也与人相安无事。可怕的是，那些爱说话却又说不出来好话的嘴巴。张张合合，在这世界上制造着无尽的聒噪，释放着强烈的负能量，我们宁愿这样的人做哑巴。

身边不乏这样的嘴巴，语不惊人誓不休，不噎死人不松口。如果他（她）要阻挠你做哪件事，会说出其设想的最虐心的情节逼你就范。总之，要让你吃下这个苍蝇，恶心你，伤害你。

一次和几个朋友相约坐飞机出游，途中一个哥们儿情绪很低落。直到下了飞机安全着陆，他才吐槽说，他的老妈在出发前很担心，为了能阻拦他，在家嗓门很大地吵吵：你看看，前几天电视上报道哪架飞机摔下来了，人都成肉酱了，胳膊腿都找不到……

万分庆幸这哥们儿没在乘机前说，也无比同情这哥们儿悲催的乘机心境。想不明白，这妈不是成心添堵吗？就算前几天出了坠机事件，难道我们个个都会摊上那样的倒霉事吗？呸呸呸，晦气死了。

还有一个姐们儿，讲她老妈的毒舌不胜枚举。最近的一次，是娘家有套房子要出租，她帮着找了个外国租客。老妈不喜欢，反对她的理由是：万一那个老外有艾滋病，在这屋里又吃饭又上厕所的，将来你儿子自己住，传染上怎么办？

姐们儿当场要吐血。如果不是自己亲妈，估计不撕破脸不闹翻不罢休。她因此憋得内伤极重，多日缓不过劲来。

还有的人，正话必须用反话说。好话必须换孬话讲。他不会说“我爱你”，他会说“我恨你”，他不会说“你今天真漂亮”，他会说“你穿这么寒碜和我站一块真丢人……”

圈里一位大姐原来是个文艺青年，偏偏她的丈夫就是个犟嘴，她从新婚时就期待他能说句夸奖她的话，说句表达爱意的话，可是多少年过去了，大姐头发都白了，也没等来那句甜言蜜语。老公人不错，对家庭也负责，但从来张嘴只会打击她。

“我才弄的发型怎么样？”

“跟鸡窝似的，那么大岁数了，瞎倒腾什么呀。”

“你看我这篇文章点赞的人挺多，大家都夸写得不错。”

“人家那是可怜你。写那破玩意，又不当饭吃，你臭美个啥。”

“年轻时喜欢我的人挺多的。我嫁给你，你有何感想？”

“老白菜帮子了，谁愿意领走谁领走，少在我面前碍眼。”

大姐的内伤估计也在多次流血后结了痂，反反复复长厚变硬。现在的她神情麻木，再不复当年那个总想着撒娇讨爱的小少妇了。

再有一种最让我揪心的类型，是对孩子的毒舌。

当妈的不会对孩子说："宝宝好可爱，妈妈好爱你。"

她只会说："这孩子烦死人了，再不听话我打死你！"

"你怎么长这么难看？丑八怪……"

"你太笨了，猪脑子……"

每每在路上，在某些场合，我能听到这样的训斥与嫌弃之声。这声音，竟是从那个当亲妈的女人嘴里吐出来的。她盛气凌人，感觉对那么弱小的孩子怀着生杀予夺的大权，恶狠狠、凶巴巴的。殊不知，正是那一副恨铁不成钢的样子让人特别生厌。

我想问，这位妈妈，你小时候也被这么精神虐待和毒舌凌辱过吗？你一直既聪明又漂亮，遇到什么难题都会做？可我怎么感觉，此时此地的你显得智商和情商尤其低下呢？

生活在一群毒舌之中，实在不是件愉快的事。这些嘴巴抢着说话，却如同老巫婆的恶毒咒语，让人的心瞬间跌进地狱，拔凉拔凉的。他（她）看着是为你好，可他（她）说的每一句话，都不过是给了你一记结结实实的窝心脚。

语言这种东西，在表达爱的时候，总是那么无力，可表达伤害的时候，却总是那么锋利——这是近日听到的一句很有感触的犀利语了。那些说不出好话的人，如果从心理学角度分析，应该是有些问题的。难道是童年受过精神创伤，或者心理有什么阴影？总之，不能顺畅正面地表达感情，而只会拧巴地反其道行之。可惜人们大多不自省，正视不到自身的缺陷，从而祸及方圆百里。

说句好话有那么难吗？多希望，在你我生命中遇到的人，都能口吐莲花，而不是乱箭纷飞。

心悦君兮君不知

有的电影是不能一看再看的。

有的音乐也是不能一听再听的。

一看神伤，二听断肠。

正如我把自己关在房间，沦陷在一曲琵琶声里。眼前，只有那朵在风中片片凋落飞向死亡的白玫瑰。

《一个陌生女人的来信》。第一次读她是在北京的夜色里，一个异乡求学的女孩，一盏昏黄清冷的灯。北京的冬天有袭人骨头的冷，茨威格的故事，凝成心口的冰，冻开一道难以复原的暗痂。

从此一直没有再看她。生，不过如此，营营役役，堕落的快乐，简单轻易可麻醉。直抵人心的冷还是逃避为妙，爱与痛，是难以承受生命之重。

这一次是徐静蕾改编成的电影。在十一年后的深夜，那封信又再一次掸落满面的尘土，伴随着一个女人的娓娓低诉，撕开层层厚茧，重见痛的斑驳与殷红。

北京的冬夜，只有姜文和徐静蕾。过节的烟花，清晨的薄雾，孤寂无言的窗棂……爱，如此无望，如此绝望，无人见证，且无须见证。

整个片子的基调含蓄、压抑、克制，却终于片尾的琵琶声里，穿透千年的哀怨，穿透数载的苍茫，渐渐走近，一盏如豆的光晕，映现出那双少女隔窗相望的眼。至此观者的情感都刹不住，全线崩溃。

你，从来也没有认识过我的你。那是一个女人的声音在深夜里响起。平静喑哑地低语。是在述说着一场事不关己的爱恋吗？这爱，用一生去拼却，换来一场黯然的转身离世。于她，生命只一次，爱，只一次。

> 这个世界上没有什么东西可以比得上一个孩子暗中怀有的不为人察觉的爱情，因为这种爱情不抱希望，低声下气，曲意逢迎，热情奔放……我毫无阅历，毫无准备，我一头栽进我的命里，就像跌进一个深渊。

冬夜，许多的窗。从女孩，到少女，到女人，她从窗里向外看，寂寞地看着那个男人。而他，多少年过去，一直不认识那窗后的人。花蕾初绽的少女，在男人吞吞吐吐的试探里迫不及待去应许，风尘辗转的交际花，于男人轻浮的暗示下即刻投怀送抱。

> 朋友算什么？自尊算什么？下次我还会这样，你的声音有一种神秘的力量，让我无法抗拒，经过十几年的变迁，依然没变，只要你叫我，我就算是在坟墓里也要涌出一股力量，站起身来，跟着你走……

走过漫长的相思之路，十多年的等待积蓄，只是为了这一晚的相逢，好做那只投火的飞蛾。而所有等待中的辛酸，所有等待中的激情里，她要佯作无所谓的轻薄，让他无须负累。

> 可是你是我的什么人呢，你从来也没有认出我是谁。你从我身边走过，犹如从一道河边走过。你碰到我的身上，犹如碰在一块石头身上。

再一次相逢与告别。那是不能重叠的宿命。他还是没有认出她来。头戴着一朵萎谢了的白玫瑰从他的房间走出，北京冬天的早雾里有袭入骨头的冷。

她绝望的等待有谁见证，或许那颤抖着双唇欲语还休的老管家会从中猜度到些什么？这些已不重要。她离去，单薄的身子裹在白色的裘皮大衣里。飞跑的人力车上，她像极了一朵海浪里颠沛起浮的落花，呆滞的眼神，无力的头颈，裘皮大衣的毛领在寒风里落下，掀起，鬓边一朵苍白死去的玫瑰……

> 今天，我的孩子死了……现在这个世界上，我只有你一个人，而你一无所知。我要让你知道我整个的一生都是属于你的，而你对我的一生一无所知。

他和她的孩子死了。凄冷的冬夜，女人的手中无以为握。桌子上的那束白玫瑰，此去再也无人相送。那份爱随着它的主人永远沉入岁月的海底。

一场悲情的电影是要在深夜里阅读的。正如那封没有署名的信件，是要那个作家在冬夜里展开的。香烟袅袅，如同那个女人的生命，一点一点在他的手指间燃尽。

心悦君兮君不知。琵琶声里断肠去。

一颗粉心扑扑跳

午夜，我果断把手机锁屏换上了宋仲基的照片。

迷彩服，歪贝雷帽，低头深情凝视，唇角一抹坏坏的笑，简直迷死人不偿命。

男神在前，虽已半老，仍然一颗粉心扑扑跳。

起初，我对这个在很多新闻里出现的“国民老公”无甚印象。偶尔看到他的照片，单眼皮，有些婴儿肥的帅脸蛋，似乎也没看出什么很特别的魅力来。不过，我从善如流，在听到比我小一轮的80后女娃们热谈追剧时，便第一时间在手机上下载了视频软件。我是抱着并不强烈的好奇心，想看看这个帅哥到底缘何炙手可热。不过两集，《太阳的后裔》里那把熊熊大火就烧到了我的身上来了。

十六集播毕，我已沦陷。症状表现为半夜不睡，对着屏幕剧情痴痴傻笑，看到那个穿军装的小伙儿两眼就冒红星。我最大的感慨是想捶胸顿足，这个小伙儿，啊，这个小伙儿，他怎么能这么可爱呢？难怪之前我在别的地儿偶尔看过一张他的照片底下的配文居然是——看看欧巴那迷人的小眼睛！今天鉴定之后，发现配文果然不虚。

瞬间爱上单眼皮。

百度上细扒男人公敌的资料，原来不仅颜值高，还是体育高手兼学霸，大学里英语和数学全校第一，这是要逆天的节奏吗？

移情别恋得很果断。剧中穿插奶茶广告，居然是我曾经的男神钟汉良。请看仔细，是曾经。他在里面捏着个嗓子说什么小饿小困喝点香飘飘，我鸡皮疙瘩都掉了一地。拜托大叔你不要这么娘娘腔，快给我闪开，我要看那迷人的小眼睛。

对了，此时，我迷过的大部分男神都已在心中黯然失色了。我怀疑，安排这部热剧广告的人肯定是想黑谁就让谁代言的广告吧。不然雅迪电动车前，迈着大长腿走来的李敏镐，目光死酷地盯着观众，做高冷男神范吐出雅迪两个字，怎么感觉那么假那么作那么装呢。感觉当初看《继承者们》时对他留下的好感恍如隔世。此时谁与争锋，我们那坚强似铁的刀锋战士，那温柔深情的小男友，那随时救人于危难中的大英雄，那帅酷萌乖的柳大尉，有谁出现在他的光环下，一定只能见光死。

敌人阿古斯这样对姜医生说，大老板又聪明又幽默，也很神秘，可是，他有很多秘密，会经常消失，也联系不上他，总有一天会永远回不来……这句话听着都让人心痛。一个白嫩嫩的糯米团子似的小伙儿，不是抗震抢险穿行断壁残垣，就是解救人质独入虎穴龙潭，一会儿灰头土脸，一会儿鲜血淋漓，一会儿挨刀，一会儿中枪，得有多强健的体魄才能一次次爬出鬼门关。好在，编剧这次不虐心，柳时镇化身不死鸟，伤痕血渍一抹，转眼就一白亮亮的小俊脸，就一跳脱脱的小美男。对此牵强剧情，吾心甚慰。这把岁数了，实在不愿意再挑逗无辜的泪腺了。

卖力地把此剧推荐给了几位中年阿姨。有一个问，女主人公如何？我一时语塞。看韩剧，有人看女主人公吗？反正我没注意。我的眼里只有男主角，此时此刻，这男神名叫宋仲基。

第六辑　谁是你的牵绊

儿子初上幼儿园

窗帘拉得密不透风，我只得半蹲下身子，从门锁的圆孔中向里张望。有限的视野里没有那个熟悉的小脑袋。

只有在门外踱步。屋里哭声一片，在我听来，每一声似乎都是他在喊我。刚才送他进去时，他死死拽住我的头发，掰都掰不开，好像他再也回不了家了。

隔壁班的小朋友们要排队下楼去玩了。一个小胖子哭着跑到了我身边，一把拽住了我的衣襟。老师来拉他归队，他抽抽噎噎地说："我要跟这个阿姨回家。"在场的几个大人哭笑不得。对于这个时候的孩子，只要是妈妈，哪怕是别人的妈妈，都似乎比老师更有安全感。

后门突然开了，老师拉着他走了出来。我躲闪不及，慌乱中躬身猫到人后，看见一张泪痕闪闪的脸，在厕所中居然还不忘转着身子把尿撒成一圈，鼻涕泪水的间隙向等在一旁的老师露出顽皮的坏笑。

看门的老太太几次催我出园。正欲动身时，他们班的"小火车"队伍开下来了。我撒腿就向树丛后面跑，一路奔向二楼，在玻璃窗后找到一处最佳观察地形。又恐在他的视野中暴露了行踪，索性摸出块手帕，捂住半个脸，只露出两只眼睛紧跟着他的身影。他乖顺地排队依次坐下滑梯，拉着前面小朋友的衣服向前走去，一个一个坐成圆圈状。我看见他举起胳膊伸着手指，在和老师说着什么话。

总算是平静下来了，尽管这时的他多少还有几许无奈。早晨他睁开眼时，第一句话就是我不去上学，我不去幼儿园。在床上悲悲切切哭了很久。送他到幼儿园的门口，也是左推右拖地不想进去。到了小班门口递给老师的一瞬，小小的身体被硬生生从我怀中扯开，便是他开始张开大嘴号啕大哭的时候了。已经两个早晨了，我也和他一样不习惯，心中好大不忍，只不过我的眼泪是偷偷溜出来的，怕让别人看见了难为情，不敢去拭。

此时却好笑起自己来，在孩子后面探头探脑躲躲闪闪的，还蒙住半个脸，像个盯梢暗探似的。

傍晚园门一开，我和众多的为人父母者一起冲了进去。忐忑走近，看见他正坐在老师的身边向我招手呢。“妈妈，我没哭，你下班了吧？”我一把把他抱了起来，心想这跟踪的活儿总算是下班了。

稚子语录

儿子两岁以后，每天表达的欲望很强，两年来我开始断断续续地给他记语录。

1. 某一天他洗澡，小脚丫放在哗哗的水龙头底下拍打，突然就说："妈妈，黄河流水哗哗哗，你会吗，可简单了，黄河流水哗哗哗。"这是我听到的他人生第一次作的"诗"。

2. 在幼儿园吃午饭时想小便，又牢记着老师"吃饭时不能尿尿"的训诫，他就憋着，最终解决到小椅子上了。

"我拿手绢擦干净了，裤子湿了，老师没看见。"有了干坏事销赃灭迹的沉着冷静。

3. "妈妈，今天小朋友打我了，我一下子把他们打倒在地上。"

"是吗？"我在猜测他的反击能力是否如实。

他接着说："明天他们再打我了，我就一下子把他们打到电线杆上。"看来我教他的"人不犯我，我不犯人"的尺度掌握得还算不错，只是力度过了点。

4．爱看《三毛流浪记》，坐在那里能半天不动听我给他大肆渲染三毛可怜的遭遇。直到眼中有了泪光。他说如果碰到三毛，要把三毛带回家，给他吃饭，还把自己心爱的玩具给他玩。

"可咱们不知道三毛在哪里流浪呢。"他认真而惆怅地对我说。

5．带他去公共浴池，光溜溜的他在等待穿衣服的时分百无聊赖，忽然就看见了一个小女孩和他际遇一样，他就开始了，下巴扬一下，柔声唤一声："小妹妹……"接着一个飞吻，如此反复，热情备至。三四岁的小姑娘却不吃这一套，端的是一副冷若冰霜的矜持样，倒叫一旁所有的阿姨笑得一塌糊涂。那一刻做母亲的我也对他刮目相看。

6．晚上上床很早，但睡得很晚。我吵了他几句，他说："妈妈，你今天晚上已经吵了我两遍了。"

我一惊："是吗？你不愿意让妈妈吵，是吗？"温柔的一句倒让他听了委屈地哭起来，小手抹着眼泪的样子让我颇有些不忍。于是好言安慰，仍不依不饶，并且想起来一阵就哭一阵。我问他还哭什么，他说："我害怕你半夜吵我。"

"我怎么半夜吵你了？"

"快点睡觉！不睡我叫120给你打安眠药了！"他学着我恶狠狠的样子。我是否如此恫吓过他我也记不清了，但这种罪名倘流传开去到了他外公外婆爷爷奶奶那里……那一刻我惭愧得只想找个地缝钻进去。

7. 四岁以后差不多可以很大篇幅地讲述一些事情。现在常给我讲的是关于一个好小孩和坏小孩的故事。

“妈妈，前几天我看见一个坏孩子，”他一般都这样开头，“打妈妈，还不给妈妈东西吃，不听妈妈话。不要妈妈，把妈妈打死了。”

我佯装吃惊：“是吗？那警察把他抓起来没有？”

他点点头，然后再讲：“还有一个好孩子，听妈妈话，给妈妈买好东西吃，对妈妈特别好。”

“那你呢？”

“我长大了对你好，我去上班挣钱，把你和爸爸送到幼儿园学知识。”

8. 睡觉时，他发现了我新穿的红色睡衣，非常惊喜：“妈妈，你的衣服真好看，你以后就一直穿着它搂我睡觉，穿一百次。”

然后，当我搂住他关灯睡觉时，他动情地说：“妈妈，我长大了给你买一百个糖豆。”

“好。”我高兴地亲了他一下。

“一百个糖豆你能吃完不？”

“吃不完。”我想我知道他下面该说什么了。

“那你给我留一小点，让我吃。”

9. 这天高兴，散步时对我说：“妈妈，我长大了一直抱着你吧。”

“那多沉呀。”

“可是我不舍得放下，抱着你像抱着个大南瓜。”

……

车背上的摇篮

在我们这个自行车大国，孩子们几乎清一色是在妈妈的车座上长大的。自行车的后座，行驶中一摇一晃的，那便是孩子的摇篮了。放眼望去，满大街都是自行车上带着小座的年轻女性，急匆匆地往前赶，猜想着幼儿园的门口望眼欲穿的目光，恨不能车生双翼。

我初给自行车安装上小座，骑到街上怎么也不自在。那白色的小孩车座泄露了我的秘密，让谁一眼就看穿了孩子娘的身份。骑到旧友圈子中也曾被戏笑过："一个小孩又带着一个小孩。"可是当女人一旦成为母亲，她便告别了女孩心态，爱，开始由几片嫩叶郁郁葱葱地生成一片茂密的森林。

周末的傍晚我带着儿子从娘家返回，儿子坐在自行车后座小椅上。疾驶中身旁越过一辆车，一位中年女子关切地提醒我："孩子快睡着了！"我忙回头去看，小家伙双眼已经睁不开了，脑袋都垂到了胸前。我停下车时，那名女子还是不住地回头探看，殷殷的目光，不放心似的。发生这样来自车后善意的提醒远远不止一次，也就是在那个时候，我才分外感到同为母亲的惺惺相惜。

我停下来，把一件外衣叠好垫在儿子的头颈后，让他睡得更舒服些。再上车时，只能以极慢极稳的速度骑行。一路上睁大火眼金睛，在黑暗中绕开路面的颠簸。

记得儿子更小的时候，只有六七个月吧，就开始了坐车座的生涯。一次中途他怎么也不睡，就干脆带他回娘家去。想不到刚骑了没三分钟，他就昏昏沉沉睡过去了。看着这个刚才还精神百倍的小家伙，这么快就成了一摊软泥了。只好扶住他东倒西歪的小脑袋，招呼出租车。十分钟的短途后车门一开，我的脚一着地，他的眼睛就睁开了，气得我差点想把他扔出去。

一位朋友曾说她带孩子的险事。在车流滚滚的马路上，孩子忽然连同小车座一起掉了下来。这一惊非同小可，吓得我总是带上孩子后下意识地检查一下小座是否松动。还有一位朋友雪天带孩子上幼儿园，雪大路滑，连人带车母子一起摔倒在地……

这两位朋友的儿子已经长得快赶上妈妈高了。只是她们看见了我的自行车小座后，浮想联翩，大概是怀念那小儿女摇晃在车座上的旧光阴吧。

轩轩小朋友的入睡问题

轩轩小朋友六岁了。对于他的粗眉小眼、不高不矮、豆芽身材、中等偏上的智商和浮躁激进的脾气，他的妈妈基本还算满意或者容忍。六年来一直像刺扎在她心头的，是轩轩小朋友的入睡问题。

从张开小嘴满世界哭着找吃的开始，以轩轩小朋友为核心、紧密团结围绕在他周围的亲人们就陷入了这一恼人的问题。他的妈妈和奶奶出于他出生之后长度重量快速增长的当务之急的考虑，或者是出于在洗完尿布之后偷个懒打个盹的私心，总之，都是最愿意看到他吃饱了睡、睡足了吃、迷迷糊糊老老实实平躺在小花被里的可爱模样。但不久她们沮丧地发现，妈妈的儿子奶奶的孙子，天生一双过分警醒的小眼睛，他的入睡是对成人意志和耐心最为严峻的考验。

轩轩小朋友三个月大前，只能委屈地横卧在妈妈的臂弯里，他很努力地睁着一双小眼，任凭妈妈唱遍了她会唱的所有的摇篮曲以及搜肠刮肚能想到的一切关于睡眠的歌曲，节目的最后她还要反复哼唱“军港的夜啊静悄悄，让我们的水兵好好睡觉……”抱着他左摇右晃，在客厅里转到双膝发软，轩轩小朋友通常还在炯炯有神地侧耳倾听着。每每此时，悲愤交加的妈妈纵然仍做波涛状，心底却是咬牙切齿，直欲将他摔将出去。

轩轩小朋友在一岁大的时候，已经被妈妈像甩小包袱般地转给了小保姆。他的妈妈为了避免折磨她的痛苦时刻，把哄他入睡的千斤重任压在了十八岁小保姆的柔弱肩头。

轩轩小朋友和他的小阿姨躺在床上，一般要听她讲七八个诸如小红帽大灰狼之类的故事。等她累到声音渐弱鼾声渐起时，他会毫不留情地抡圆了小腿朝她屁股上猛踢一脚，再接着听下去。终于他的妈妈在另一个房间里看完几集无聊的电视剧之后，想着对儿子的入睡工程进展情况做一侦察，蹑手蹑脚地推开条门缝，冷不丁地听到一声洪亮的“妈妈”。那一刻，小阿姨前功尽弃，只有悲从中来了。

轩轩小朋友两岁时，腿脚已经很麻利了，烈日炎炎的盛夏，妈妈要到午后三点才去上班，却只能无奈地看着他精力充沛地满地窜来窜去。在呵欠连天的头痛里，妈妈想出一条妙计。门口的公共汽车站，小保姆带了轩轩小朋友投上一元的硬币，经火车站绕城一周返回来，小人终经不起大人的暗算和沿途的颠簸，那双坚定的眸子渐渐合拢。

入睡后的轩轩小朋友脸蛋饱满粉嫩，剃去了头发的小脑袋溜光浑圆，睡姿安详而恬静，有种幼年唐僧的绝妙感觉。妈妈和小阿姨在窃笑之后，终于可以心满意足地舒展四肢享受一个安静的午觉了。

不过这样的妙计也伴随着极强的副作用。因为轩轩小朋友一旦午睡，晚上会如虎添翼，变本加厉。那天轩轩小朋友的爸爸在外面吃饭胡侃神聊忘记了时间，午夜十二点半回来，猜想母子此时此刻一定梦到周公。锁孔轻轻转动钥匙的声音小心翼翼。黑灯瞎火地进来刚要低头找拖鞋，忽然见卧室的门打开，一个小小的黑影迅疾地钻出来撞他个满怀，差点惊得三魂出了窍。他的宝贝儿子，居然神采奕奕一脸兴奋地站在他的面前，一副找人奉陪到天亮的架势。眼皮沉重的爸爸暗自叫苦，再看卧室那边，哄孩子入睡的孩子他娘早就被孩子哄睡多时正在梦中傻笑呢。

轩轩小朋友三岁时，告别小保姆，挥别了妈妈，背着小书包进了幼儿园。妈妈最担心的问题一直忍了很久不敢询问老师。只怕一匹烈马搅了一群羊的作息，心中始终愧愧然。终于有一天，妈妈含蓄委婉地问起这个问题，老师才一语道破天机。轩轩小朋友每天中午自觉地按时躺在小床上，然后闭上眼睛装睡辗转反侧到集体起床的一刻。

如今轩轩小朋友六岁了。开始和妈妈斗智斗勇。母子两个躺在床上，一会儿妈妈偷眼看看儿子睡着没有，一会儿儿子偷眼看看妈妈睡着没有，儿子想着他的电视和玩具，妈妈想着她的工作和家务，两个人各怀心事，度时如年，比着谁能耗过谁。

轩轩小朋友的入睡问题，是妈妈心头的一块铁秤砣。什么时候才能卸下，不得而知。

你是我的牵绊，你是我的阳光

男孩小时，总是和妈妈如影相随。

每天女子的自行车后，总是晃动着那个戴着包巾帽的小脑袋。

他坐在后座上的小腿可不老实，一会儿跪在座垫上，一会儿又站在车座上，不停地变换着玩耍杂技的姿势。

直到她忍无可忍戛然刹车，停下来呵斥。

男孩的脸就呈现一副紧绷住的坏笑，忙不迭地认错，说他再不敢了。

再坐下来时，腿脚就老实了下来，可小胳膊暗中用力箍紧了妈妈的腰，直到她感到了痛。

女子有时生气，暗自感慨为什么自己的儿子如此顽劣。

女子是个天马行空的人。

有一天，她去旅行了，心想孩子也不小了，应该给他锻炼的机会。

一走两天三夜，异乡城市的夜晚，她和同伴们吃着海鲜，吹着海风，无法想象男孩的思念与呼唤。

而千里之外的家中，男孩几度玩累了就几度想起，泪水涟涟地向他的外公要妈妈。直至夜深了还强睁着惺忪的眼睛不肯睡去，侧耳捕捉他那最为熟悉的足音……

那是一颗幼小的心灵，充满殷切的思念和深深的痛楚，等待着母亲的回归。

沙滩，阳光，海水，给了她放松自我的另一个世界。临回时，她给男孩选了一只海星。

归来，才发现海星死了，折了一只角，只好弃去。疲惫睡去的时刻，她看到那只空荡荡的小枕头。孩子留在她父母的身边，她想她可以暂时放心地松手。

翌日，上班时间男孩打来电话："妈妈，你为什么还不回来看我？"

"回去。"她含糊地应着，目光在一堆文件里穿梭。

"回来？那我出去接你。"

还没到家门口，她就远远地看见了一个飞奔扑来的小身影。男孩的狂喜，让她震惊。

原来，他听说妈妈归来，早早就站在门口翘首等候。春天的风沙很大，外公叫了他几次，无法唤回。

一整个中午，他围在她的身畔，转来转去，蹭来蹭去。

"妈妈，给我讲个故事。"

"要听什么？"

于是她信口开河起来："有一只小猫咪和妈妈在小主人家里生活，一天，小主人的好朋友来了，他非常喜欢小猫咪，小主人就让小猫咪收拾好自己的东西，带上自己的玩具，和小哥哥去他的新家了。"

在编造的故事里就要昏昏睡去的她，听到了男孩隐忍的悲声："妈妈，我不喜欢这个故事。"

她一惊，扭头望去，身边的他在用小背心抹眼泪。

“小猫咪就要和妈妈分开了？你不会把我也送人吧？”

一切都是出行惹的祸。男孩的小心眼短短几天里就有了这么大的缺口。

男孩突然想起了什么，从床上爬起来出了卧室。一会儿，他颤颤巍巍端着一盆冷水回来了，小心翼翼地放下，他竟然说：“妈妈，你洗脚吧。”她看到那少半盆凉水，又是好笑又是不忍。

她去上班时，男孩说，妈妈我来送你。

于是她骑上车子向前，男孩在身后追赶着跑，让做母亲的不敢回头。

后来，她几乎不再在下班时间出门。如果因为应酬要出去吃晚饭，时间一过八点半，不管主客怎样兴致正欢，必须起身离席。

没有人会知道，这个女子以前是怎样地自由散漫，只知道她是个恋家的小女人。

也没有人会知道，有一个男孩怎样地坐立不安望眼欲穿，在外婆家执着苦候着妈妈归去，在属于自己的家里自己的床上母亲的身旁，安然睡去……

常常，在黑暗中醒来，她会握住身边的那只厚厚的小手，它是属于一个男孩儿的略有些粗糙的小手掌，嗅着他颈间散发的奶香，在他均匀的呼吸里，怀了一颗感恩的心，温暖而满足地迎接清晨的第一缕阳光。

我还能陪你走多久

那个时候，我总会编些善意的小谎言，如谁帮妈妈做家务，仙女就会带谁上天随意挑选礼物啦，然后得意地看着妹妹和弟弟抢着倒垃圾、搬凳子、扫地、擦桌子，苦苦追着我问都做了这么多好事了，怎么还没等到姐姐的仙女下凡呢。

那时候，年幼的弟弟和妹妹常常为一些琐碎的小事吵嘴打架，四只小手紧紧地攥在一起，让我掰都掰不开。他们稚气的眼睛里燃烧着倔强的火焰。相互怨恨的时刻，只盼着对方都远远地消失在世界的尽头，永远不要再出现。

那时候，母亲梳着短短的发辫，有些卷曲的黑色发尾好看地贴在耳边。有时她会用自行车带着我们出门，妹妹娇里娇气地坐在车前，我大模大样地坐在车后，弟弟则跟着一路奔跑而来，小脑门上汗光闪闪，背心紧贴在后背上，湿了一大片。

就这样，我们一路吵闹着，一路欢笑着，一路拉着手，一路怨着爱着。记不得吃了后园里无花果树几季甜甜的果子，门前的月季花丛几度盛放被我们剪去插上窗前的花瓶。原来小小的三个人儿，在太阳升起的时候从一个叫作家的地方出发，看着满天的繁星，唱着外婆教的那首老掉牙的歌谣，边走边玩，却不知从哪个地方开始分的手，各自走上了自己的岔路，越离越远。

就这样，当年的雏燕一个又一个在清晨的薄雾里相继飞出了旧巢，只剩下老鸟还在原地等待。每次回到父母家中，弟妹总是不能全在，因为工作，因为他们各自的一些事情，我们很难再齐聚到父母的膝下。而在有一年的春节，晚上我和弟妹与父母在一起吃年夜饭。那是少有的一次齐聚，恍惚觉得一切都没有变，他没有娶，她也没有嫁。我们叽叽喳喳抢着说话，嚷来叫去亲密无间，喧哗又一次掀翻了老屋的顶棚。昔日重现，尽管只是须臾，却是珍贵得叫人留恋。

年前去外地开会，同去的一位年岁稍长些的同事很挂念地往家中打电话，殷殷关切的声音里满是一个慈父割不断的柔肠。我提及时，他说了一句话，我陪不了她们多久了。对于这两个女儿，先前他是很严厉的父亲。后来，当大女儿就要面临高中毕业外出求学，他突然开始惶恐和失落起来。他终于发现，一直在盼着儿女长大，却也盼来了一场分别的序幕，才知道原来父女朝夕相处的时光竟是这样短暂。他开始对小女儿格外地疼爱起来，从此把一个父亲全部的爱意释放，毫无保留。我陪不了她们多久了。我反复咀嚼着这句话，满是惊心动魄的味道。

我的儿子今年六岁。小时，我把他交给保姆，每天与保姆缠在一起，我只在工作之余的晚上亲吻他，说晚安，只在急着上班去的清晨里挥手，说再见。后来，他会走了，会说话了，却被送进了幼儿园，我还是只在晚上才能见到他，把他小小的温热的身体搂紧在胸口的时候，很快就要睡去。我知道终有一天，当我想与他亲热的时候，他再不会扑棱着小胳膊投向我的怀里，他甚至还会害羞躲避。总有一天，他会离我而去，就像一只雄鹰注定要融入蓝天，他也将汇入人海。总有一天，他将不再只属于我一个人，而属于他的妻，他的孩子，属于他周围很多很多需要他的人。我能将他放在膝头亲吻他的小脸蛋与他玩耍嬉戏的时间，他纠缠我依赖我的时间，正在急促地流散。

我还能陪你走多久？我的双亲，我的孩子，我的兄弟姐妹，我的亲人。我还能陪你走多久？只在朝夕，稍纵即逝。也许只有当这样的问句常悬心头，你我才会怀了一颗诚惶诚恐的心，善待尚陪在你身边的亲人，善待你还能相陪着走上一段有限路程的亲人。那些相守厮磨平凡而平淡的日子，才越发在我们的人生里显得弥足珍贵。

超级豆芽菜

一群十一二岁的男孩子，大部分站直了挺起胸来个头还要在妈妈的额头以下，一周读书的时光里最盼望体育课的到来，能踢上一场痛快的球赛。

但是，酣畅淋漓的时候经常要因为一些不确定因素而不情愿地中止。此时，即是你用身体压着我，我用脚丫踹着你，叠罗汉似的，“群殴”到了一起。

原因往往在事后变得无足轻重，不值一提。但是发生的当下，便是万千仇恨燃烧，小胸脯一鼓一胀的，头发都要竖立起来。爱不释手的足球此刻被晾到一边凉快去了，取而代之的画面是一排坐在操场边台阶上的半大小子，脸上汗渍渍脏兮兮，像一排栖息在电线上的麻雀，叽叽喳喳，争先恐后地发出自己的声音。

两队对垒，一排里分坐两边，个个双手抱肘，怒目相向，一副不服气的架势。先是舌战，斗不过嘴的就站起来再开打一会儿，然后重新坐回去骂阵。相互间指指点点，唾沫星子乱飞，这个说你们太赖皮，有本事再赛一回，不信赢不了你！那个说吹吧，哪回你队赢过？进的还是乌龙球……

下课铃声响了，一片混战宣告结束。没出三分钟，课间的走廊上，原来剑拔弩张的两队已嬉闹到了一起，双手比比画画，热火朝天地玩着不知是谁发明推广的最新游戏。

这是一个小团体，十几名男生仅够踢球时勉强分成两小队。他们情同兄弟，又彼此撕咬。学制注定要让他们在一起同窗十载。他们比同龄人幼稚许多，自成一派，小毛病和脏话会迅速传染开去，有些暗语只有彼此之间能够心领神会。善意地调戏女生，小幅度地捉弄老师，总是不停地创立组织并不断地变换组织。不过在这个学校的象牙塔里，难见污风浊雨，也不会恶劣到哪里去，他们只是顽童一批。别人拘谨沉默时他们打闹嬉戏，别人埋头读书时他们心猿意马，别人榜上有名时他们垂头丧气，办公室里挨批时还会哭个稀里哗啦。

这些小小少年，就是所谓实验班的早慧儿，我眼中的超级豆芽菜。受尽宠爱，没心没肺，顽皮难驯。学校在耐心等待他们长大，而家长已经痛感时日无多。明年，他们即将住校，远离巢穴。高中生活呼啸而至，甚至让人猝不及防，之后将是炼狱之后的破茧而出。有多少可以化蝶，又有多少还是肉虫子？

没有离开家的这一刻，还是每天黎明需要叫早，夜深需要催觉，需要棒喝之下才可从网络游戏里恋恋抽身，穿什么用什么一概不知道。但，他们必须断乳。也许这一天早一些到来，他们将早一些体验到疼痛和挫败。走向男子汉的道路岂能长满鲜花，永远风和日丽？

今天中午，我家的豆芽菜边吞着午饭，边神秘地告诉我他月考中了个单科状元。他说课堂上听闻这个消息时，差点晕了过去。他坐在我的面前，小肩膀依然瘦弱单薄，头发剃得短短，校服外细长的脖子格外显眼。顾不上吃主食，就匆匆赶去电脑前赴企鹅的约会。

让他再玩一会儿吧，我在心里对自己说。断乳的事，留着给学校去干吧。我只想好好感受他未走远的这一年，对他还能吃我做的饭尚可在他耳旁唠叨两句心存庆幸。总有那么一天，我会看见长高长壮的儿子远走高飞。豆芽菜长成参天大树的那一刻，会在不知不觉间到来。

失业五六天

今天，我在QQ签名处记下“失业了”三个字。

在这个月下旬之前，我还一直坚持着近十四年来的一份工作，那便是我苦累忧喜交加的保姆生活。虽然早知道这段生涯行将告一段落，甚至于急切地盼望着这一时刻的到来。但令我万万没想到的是，等到真正翻身得到解放，反而无所适从了。

失业第一天。送走了那个从小需要把屎把尿、喂水喂饭、走哪跟哪、随时需要我待命的小地主，为他铺好床系好蚊帐，我就被严明的校规撵出来了。竟然觉得还有满肚子的嘱咐没有来得及说出口。他会独立生活吗？会洗衣，洗袜子，不需要人叫早起床，不挑食打理好三餐吗？甚至当着那么多同学的面，他略露青春期男孩伪装的坚强和不屑，催促我速速离去。好歹伺候了他十四年，分别时连个拥抱也没能混上。

失业第二天。从来没有这种感觉，居然庆幸工作的繁忙与琐碎。忙碌居然这样好，让我一下子找到做工作狂人的冲动。从此我不用再惦记着下班要早早回家做饭，要在他放学之前买好什么菜和肉，饭桌上要摆上哪几样才能让他龙颜大悦。锅灶一下子就冷了下来，没有王子的饭桌可有可无。大人在外就餐应酬自不必再推脱，冰箱里的菜眼看着就要枯萎烂掉。

失业第三天。见会议中两位同事嘀嘀咕咕，不觉窃笑。不用问，这两个孩子娘除了即将升学的孩子还能聊什么到这么热乎儿的程度呢？两人见我不无羡慕嫉妒恨，问我感觉如何。听得什么难受得想哭时，都一万个不信地撇嘴。虚伪！唉，反正说什么都显得矫情。一年后等她们如同今天的我一路狂奔后猛然收脚停步，一尝其中滋味再来交流吧。

失业第四天。为什么偏偏是周末呢？这大把大把的时间让人如何消受。当苦孩子习惯了，猛地掉到蜜罐里，怎么都是受宠若惊。本来保姆当得挺充实的，却强被学校夺去了这不给薪的职业，心就空落落的了。女友的头像在 QQ 上闪，她问，是唯品会关门了，还是拉手网歇业了，否则你怎么就失业了呢？呸，她能想到的难道我仅仅是个购物狂。我答，十几载保姆生涯一朝下岗，呜呜。换得她龇牙咧嘴狂笑。

失业第五天。无聊读报，忽见连载小说中一句话："但她没有掉头向机场驶去。她不愿意让儿子看见她像瘟疫一样，被人墙隔在十几米开外的地方，然后泪眼婆娑，撕心裂肺。她生平最讨厌的就是上演苦情戏。儿子又不是受苦受难。她的胸怀够大，够宽广。"本来是小说的情节，却应了我的景。我也最讨厌苦情戏，讨厌自己像个俗妇煽情到连累他也不自觉地脆弱悲伤。我给女友回复说：我先痛苦一段时间，然后调整好后准备奋发图强。是呀，我曾经有多少梦要实现呀，我大概都在路上把它们遗忘了，现在找回来还不晚。她笑：东方不败，重出江湖？！

失业第六天。按时起床，打扫擦抹。窗下翻出一摞书来，想着要在近期将它们一一歼灭。电脑上很多开了头的无尾稿，重整心情，一个个续写后章。下班后跑去看看病中的老父，问问他最近胃口怎样，想着要吃什么。一箱子鲜辣椒洗涮捣切，熬出了一大锅红艳喷香的下饭酱。浇花施肥松土，扯一片面膜贴上，往沙发上歪下，窗外泻进来秋天的阳光明澄透亮。生活原来这般闲静。吃得了苦累，怎生就耐不得安逸呢？人生的每个片段都拜岁月馈赠，顺生，才是最好的心态。冲锋陷阵与闲看落花，都一样坦然去享受吧。

第七辑　翱翔之翼

遥望铜雀台

千年之前，平原腹地，漳河之畔，有拔地而起的高台，危楼重阁倚天，云雾缠绕，歌乐缥缈。

那是疾苦人间里的极乐仙境，那是蜉蝣众生不敢抬眼一窥的帝王家。

那是邺城，那是——铜雀台。

铜雀台，历史河流中一个波光潋滟的名字。当它经过我的舌尖，复原成若只初见的模样，一如星辰照亮了暗夜，便如繁花初绽在了漳河两岸。

铜雀台。这三个字，竟是浓得化不开的乡愁啊，纵使隔着千年岁月，它还在那些枯骨的心间。六朝繁华，一朝焚毁。蓑草斜阳中，残垣颓壁前，风吹林间，树叶窸窣，想必是流连在这块土地上的那些经久不散的叹息。

建安十五年，铜雀台初成。入云参天，让人仰止。三曹文采风流，曹丕吟："飞阁崛其特起，层楼俨以承天"，曹植赋："建高门之巍峨兮，浮双阙乎于太清立冲天之华观兮，连飞阁乎以西城；临漳川之长流兮，望众果之滋荣……”

而曹操，他正负手而立，春风得意，雄心挥就“老骥伏枥，志在千里”的不朽名句，连同脚下的铜雀台一起，俯瞰大地，虎视中原，散发着一派逼人的霸王之气。

铜雀台上，站着的是意气风发的曹孟德，是权倾天下的魏王侯。中原城池多如鲫，他独钟情于“天下之腰膂，河北之襟喉”的邺城宝地。在这里，图谋着西倚太行，南望许昌，北图燕赵，统一北方的千秋大计。

求贤若渴的曹公，在铜雀台上数次下达求贤令，一时间文人骚客汇聚于此，建安文学悄然萌生，并迅速达至声名赫赫。建安风骨别样铿锵，崛起在邺城，辐射至时代，随着岁月流传深远，至今未曾凋零。

风流七子，连同那些华章文藻，才情诗意，都春潮般澎湃激荡在铜雀台上。

建安文学大盛时代，蔡文姬款款走上铜雀台。

她挽起长袖，抚琴悲吟，唱响《悲愤诗》和《胡笳十八拍》。

面对心仪的女子，曹公当击掌以和，心有戚戚焉。文姬归汉，是曹操力促的一件美事，对一代才女之恩可以说是重于泰山。史说曹操好色，少年时敢于劫新妇，南征时占张绣之叔张济妻，攻克下邳时与关羽抢杜氏，进邺城后与子曹丕一起窥甄氏……这些都不过是一代枭雄戎马生涯里的一盏解忧酒而已，不过是今日欢娱明朝离弃罢了。

但是，曹操对文姬之心却是始终热忱而真挚，那是尊重与惜才更多，爱慕爱怜更甚。

《后汉书·董祀妻传》载：“曹操素与邕善，痛其无嗣，乃遣使者以金璧赎之，而重嫁于祀”。二人早年的相识与欣赏，中年的离散与隔绝，最终的回归与重聚，都使这份情谊分外厚重悲怆，回味绵长。

“对酒当歌，人生几何？譬如朝露，去日苦多！”曹公的感慨回荡在铜雀台的夜空之上。铜雀春深，怎样的旖旎风光，却依然有着隐隐的遗憾与叹惋在其中。

公元二〇一二年的秋天，我坐在电影院里观看影像之作《铜雀台》。

懦弱却不甘的汉献帝，倔强又无助的伏皇后，噤声在父亲阴影下的太子丕，霸绝不可一世的魏王侯，还有那虚拟出来的红衣女子灵雎……

这些都不重要，重要的是，他们在铜雀台上演绎着阴谋与杀戮。这个被符号化的建筑，在影片里被刻意地虚化与暗化。我依稀只能看到宽大的台阶，耸立的双阙，森严的宫墙，水中倒映的明月。影片中的铜雀台没有春天，只有模糊的轮廓呈现在阑珊肃冷的夜色中。

但幸好我注意到黑暗中宫人跑过的地方，有云桥式的阁道相连，台榭之间确是互相独立又相互关联。看来电影置景还算不负历史，之前对铜雀台的构造做了一些功课。但是那样美轮美奂的古建筑巅峰之作，他们大概也复原不来，便只能以写意而代之。

所以我眼中的电影，我刻意搜寻的铜雀台，就这样在耗资巨大的画面里，仅露冰山一角，让人惊鸿一瞥而已。

呼兰河畔觅惊鸿

隆冬飞雪的季节北上哈尔滨，专程来到心仪多年的呼兰县萧红故居。此后数月提笔不成，只是怕枉负了那一缕早逝的芳魂。

萧红，三十年代著名的左翼女作家，不仅因其传世小说《生死场》《呼兰河传》《小城三月》等蜚声海外，被鲁迅先生赞赏为“最有前途的女作家”，更因其与作家萧军、端木蕻良的怨偶佳话，而平添了几许风流与哀婉的色彩。

汽车从大桥上呼啸驶过，桥下是那条养育了女作家和她父老乡亲的呼兰河，此刻冻结了流动，冰道蜿蜒，直伸向苍茫的东北平原。又一批远客来寻访她的女儿了。

呼兰县是一个普通的东北小城。拔地而起崭新的楼群，古朴简陋的民宅院墙，揣手在袄袖中戴着狗皮帽子的东北老汉，挂着弯曲发卷打着摩丝装扮一丝不苟的农家女孩……拥挤的菜市场充斥喧嚣的叫卖吆喝声，驴车单调寂寞的蹄音踏响清冷的深巷……

这就是作家笔下当年“人和动物一起忙着生、忙着死”上演轮回悲剧的生死场？小城熟悉又陌生，坦然接受着我的打量。这就是萧红生长的家乡，盛产大豆高粱的地方。城外那条呼兰河也因为萧红的缘故成为客人神往的所在。今天，我们终于踏上了这块黑土地。

故居在一条不起眼的巷弄里。旧式房舍，灰砖灰瓦，古老的大院幽深而静谧。院内有萧红静坐深思的白色塑像，忧郁的大眼睛凝视着前方。其身后房舍是 1985 年呼兰河萧红研究会集资修复的一部分，陈列着萧红的遗物——童年用过的饭桌、书柜、梳妆台等，还展出着萧红的作品、手稿、生活照及纪念萧红的文史资料。

我的目光长久地停留在那些保存下来的旧照中：年轻的二萧合影，萧红偎着端木幽不可测的双眸，还有那葬于香港浅水湾畔的孤墓。

命运多舛的一代才女，其颠沛流离的三十一年，已是昨日梦中飞远的蝴蝶……想起萧红病危弥留之际的遗言："我将与长天碧水共处，留得半部红楼给别人写了……半生尽遭白眼冷遇……身先死，不甘，不甘！"心中不由涌起浓浓的惆怅。仔细想来，其实每一位热爱萧红的海内外人士，无不对这位才华横溢、华年早逝的女作家怀了一份怜惜，掬上一把辛酸泪……

萧红的作品清新耐读，"北方人民对于生的坚强，对于死的挣扎，却往往已经力透纸背"（鲁迅为《生死场》所作序言）。萧红身世曲折，寂寞的童年与祖父相依为命的小姑娘，抗婚离家出走的少女，饥寒中流落街头的年轻女人，与萧军六年苦恋，跟随端木蕻良远赴香港客死他乡……或许正是她传世的小说与传奇的经历成为她不泯的魅力。

推开那扇虚掩的木门，梦萦魂牵的后花园骤现眼前。白雪覆盖着荒芜的草木，不见旧日的蜻蜓、蚂蚱和蜜蜂，还有小黄瓜、大窝瓜、小白菜，这里曾是一个女孩子的天堂。而今，"老主人死了，小主人逃难去了……"

故居馆长孙延林先生陪着我们谈了很久，仔细解答了我们关于萧红的几个疑问。停留的时间很久了，暮色已悄然袭近，我们还在徘徊。一行三人相顾无语，彼此感慨尽收眼底。

萧红呵，我们来自北京，来自那文学的圣殿鲁迅文学院，对鲁迅的崇敬、对文学的痴爱使我们的心灵不再漠然和陌生。而当春天来临的时候，我们却只能在先生的名字和光环底下遥想北国你的芳踪，追寻你漂泊的心旅……古老的宅院，奔流不息的呼兰河，可曾看见你的女儿魂归故里，投向你的惊鸿一瞥？

冥想中，身旁的诗人老兄低吟起他的诗篇：

化作一缕春泥　多少年啦　循着足迹　我们走向你　寂寞的童年　故园的春色　也关不住的一枝红杏　到底在哪里　呼兰河的仙草　独秀南园的春心　永远微笑　凝固的春心　当然不会衰老　木门敞着　我们又听到后花园的花卉们　窃窃私语……

杀虎之夜

那一夜，是十一年前的 8 月 14 日。为找到这个确切的时间，我特意从移动硬盘上翻捡老照片，当看到标有驼梁山的文件夹时，心里还是悚然一惊。

现下的回忆总是美好。但如果事情追溯到 11 年前的当夜，恐怕就又是另一番体验了。那不是温馨，没有轻松，更多留存记忆里的，是暗夜无边的恐惧吧。

2004 年夏接近立秋的时节，难得片刻闲适时光，几个人想着利用周末两天出游一趟。出行的召集人是桑麻兄。听说要去从未踏足的五台山，我和蔷薇踊跃追随。两部车，六七个人一早就从邯郸出发了。

但是我们没想到的是，那一行，竟会是遇桥桥断，遇路路堵的奇诡之行。

头车领路的是老司机林，方向盘交给他，自感万事无忧。桑麻兄、蔷薇与我坐于一车，憧憬远方，心情大好，说说笑笑间，车径自沿路往山西方向开去。窗外绿树原野飞奔向身后。不知走了多远，速度陡然滞减下来。林说，前方好像有些障碍。下车打听，原来是一座必经的桥被雨水冲坏了，正在维修。于是两车上的男士们商量了一番，重新定了另一条相近的路线。

两车折头绕行。我们不以为意，再次闲话起来。不知不觉又走了很久。在我的意识里，应该小一半的路程了，车子再次停顿下来，一段无头路赫然在前。

前路再次不通。我忘记午饭是怎么吃的了，大概关于那次出行的记忆，因为某一片段的印象太过深刻，反而让它前后的种种化为空白。

总之，午后桑麻兄决定改变此行的目的地。因为走了几个小时，都没有开上去五台山的正道，绕来绕去大概时间上已然太过紧迫。询问路人，说此处离驼梁山不远，便改为往山中去。对于现下的道路行人已是陌生，当时也无导航可以倚仗，唯一的可行之法便是边走边问了。

只是，接下来往驼梁山的路程似乎远得没有尽头。当路越来越窄，越来越坑洼难行，已是暮色渐拢时分。这一次下车问路，是等了很久才拦到对面开来的农用车，车上农人的指引让我们半信半疑。一路行来，全是口口相授，却是怎么也摸不到边际。但此时在山脚下，前不着村后不着店，眼看天就要黑了，也只能按他所指向山上开去。

夜来了，夜深了。我之前似乎未曾遇过那样的暗夜，漆黑一团，静得死寂。盘旋的山道，只有两车的微弱灯光探照过去，却始终不过是寂寥而漫长的盘山小道。没有一丝星光的天空飘落起小雨来，路变得更加湿滑难行。车子速度很慢，小心翼翼，如履薄冰。不知何时，我们都不再说话了。时间如同一条混沌的河流，让我们深陷其中，溺水向下，捉不住一根水草似的孤立无援。山路窄得也不过只能容下一辆车而已。蜿蜒上行，虽然看不清左右，但凭猜测，右侧大概就是深谷了。路边，婆娑的高大树影如同鬼魅，幢幢暗影包抄摇动，黑压压地挟着雨丝扑向车前。

在这样的暗夜，我们似乎迷路了。前方没有灯光，没有村庄，有的似乎只有一条无休无止的山路。

我不知道桑麻兄和蔷薇的心里在想着什么。我的心提到了嗓子眼，身子紧贴在后座上。大家都屏息不言。晚饭没有着落，饥饿感早已被紧张的神经给忽略了。

终于，在近乎窒息的空气里，透过蒙蒙雨雾，我们似乎看到了一点灯火。

奔着那点微光而去，桑麻兄张口判断，前方应该是一个村庄。黑暗中，他的声音听起来暗哑里透着一丝欣喜。

车子驶近村口，夜太深，整个村庄似已沉睡。隐约中我们看到右面的墙壁上似乎有字。

车灯照射下，两个鲜红的大字赫然映入眼帘——杀虎。

这应该是村名吧，不然怎么会簸箕大的两个字，鲜红色地书写在进村的墙口。

一行几人无不寒意顿生。我和蔷薇面面相觑，后背冷汗就要流下来。站在身边的，此次出行的带头兄长——桑麻，他出生于 1963 年 1 月，属相为虎。我们当中唯一的虎……

后来，我无数次想起这个村名，在网上搜索过这个村名，却是在平山县的大山深处，隐藏着这么一个村庄，它有着一个何其古怪的、骇人的村名——杀虎，杀虎！

这段故事到此我的记忆突然中断了。我忘记了接下来如何遇到村人，如何穿越村庄，如何在凌晨 1 点多钟找到一处住所的全部细节。我的记忆停留在了村边那两个红字上，中间断篇，接续下去的是翌日醒来的艳阳高照。我们已达山顶，俯瞰来路，悬崖绝壁，一条小道孤悬其中。

多年后回望这起事件，仍有余惊未了，不能释怀。和桑麻兄谈及起来，他的余悸更甚。我一直在想，那次出行莫非是冥冥中触动了什么天机，遇路路堵，遇桥桥断，执意要阻止我们前行。即便改道改辙，也一样迷路打转。月黑风高艰难跋涉的雨夜，还会遇到那样一个古怪村落，看到那两个鲜红书写的村名——杀虎。

那天难道是桑麻兄命中的劫数吗？又该是其中谁的幸运与福气占了上风，化解了危机，冲开了凶险的迷途？

杀虎之夜，让我自此保有颗敬畏之心。

云南孤旅

一个人从云南回来月余，每日里总有些时刻想起云南，睡前，梦中，或者在办公室里对着电脑玩命地码字时，捧起一杯绿茶对着厚厚的报纸发呆时，会想起云南。

有一个美丽的地方，名叫彩云南。我有一半的魂魄，留在了那片神奇的土地。

一直以来，我有一个梦想，一个人，孤单而惬意地出行，随遇而安，辗转周游，无拘无束，自由飞翔。而在这个梦想里，我最为向往国内的两个省份，云南，还有西藏。

今年，六月，气候还适宜，阳光还明媚，三十三岁的我，一个说不上年轻也算不得苍老的女子，圆了一个人去云南的梦。历时十三天，用去六千元，购得若干宝贝，包括昆明的鲜花和干花，大理的云子和扎染布，西双版纳的杧果和荔枝，丽江古镇里的书籍和音乐，云南的普洱茶和三七花，还有缅甸的翡翠与美玉。最主要的是，我带回了用索尼 F717

相机拍摄的几百张人物、风光、民俗的照片。它们将代替我容易遗忘的大脑，真实记录那十三天云南自由放飞的时刻。

初到昆明

从邯郸暮色里乘特快到郑州，住一宿，早五点起床，打的到机场宾馆。坐六时的班车到郑州机场，飞机约两个半小时会抵达昆明。

第一次坐飞机，起飞时耳鸣，像一下子失去了听觉。坐在临近走道的座位上，要隔着左边两个男人的肩膀，才能眺到窗外的无际云海，脖子扭得都有些累了。直到空姐推车开始派送早餐和饮料，两杯咖啡过后，我才找到感觉，一种从容的、放松的感觉，靠在座位上，放下面前的小桌，随手翻阅起机上附赠的杂志和报纸。心里不再忙忙乱乱的了。

在昆明降落时，尚早，上午十点二十分。背着包出来，没有看到接机的牌子，等了三十多分钟，昆明光大国旅的导游因堵车才姗姗来迟。几个陌生的散客，我，还有从平顶山和郑州来的两对新婚夫妻，稀稀落落地上了车，早早地被领到餐厅吃了午饭。

因为一个人，我要了包房。来之前邯郸的康辉旅行社就告诉我，云南的住宿条件不错。我进到自己的房间里，环顾四周，基本满意。把自己扔到铺着白色床单的大床上，打开电视，拿着遥控搜索一遍，定格在昆明电视台，又起身从临街的窗子看路上的行人，街边的摊贩，再抬眼望路对面建筑物的背后，那很近很低的天空中大朵大朵的白云，方才三魂归壳，落在了云南的地面上。

自由放飞

下午没有行程，难得的自由支配。我入住在伊仕特温泉酒店，是昆明公车站牌上的菊花村一带。于是向导游打听了线路，背好相机，直奔滇池。在明通路口等车时，天空很低，大概是有些阴的缘故，大片大片的云彩白中带着灰色，却有明晃晃的阳光照射下来，路面反着白色雾气般的光晕，一时间竟有种不真实的虚幻。路旁川流不息擦肩而过的人群中，很多的女子打着伞，煞有介事地躲着当地的紫外线。

因为路不熟悉，提前了一站错在民族村下了公车。信步走去还没有两分钟，天空重云压顶，雨滴滴答答地下了起来。我和多数游客一样，就近躲在一家工艺品商店里，无奈地看着天。居然发现在我头顶上的这方天空，竟然一半是乌云，一半是蓝天。想来这就是云南的天气吧。地面上很快就汪起了一窝窝水，空气潮潮的有些寒意了。

好在我穿着牛仔裤和衬衣。因为是出行，这样的行头简朴是简朴了些，却是至为方便和实用，考虑到以后的行程要在火车上过夜，我在一大堆衣物中左思右想千挑万选，最终带上了它们。

对于我，确定来云南后，首先考虑的问题恐怕就是衣物和防晒了，这大概是小女人的天性使然，使我放在这方面的心思比其他方面要更多一些。临行的前一晚，我在网上熬夜查阅关于云南的行旅帖子，惊见偌大天涯社区，几乎全是关于云南丽江的帖子，那些有着奇怪名字的网友个个怀想追思，不忍离去。精神故乡，梦中家园，看得我心先跟着飘了，充满了即将抵达的兴奋和欣喜。我甚至抄下了他们推荐的过落客栈和滞留在那里的他们的网名。后半夜渐渐困顿，才从丽江的梦里倏然惊醒，急查衣食住行问题，却是少得可怜，一些帖子里流露出只言片语，说到云南的紫外线很强，要用高倍数的防晒霜，还有那里的天气“下雨既成冬”，一定要带件外衣什么的云云。

看着第二天出行时的衣物，我不由庆幸，只知专程跑到艾格买了他家的竖条白色长袖衬衣，却绝没想到还要带更厚的衣物，要知道这可是六月的天哪，我正准备着迎接酷暑呢。一件还没有来得及收藏的夹克幸运地被我塞进了包里。在后来的行程中担起了为我遮风挡雨的重任。

徜徉滇池

大约过了一个小时，雨停了，天空立时有了明亮的蓝色。已经是下午近四时，我加快脚步向上面的路段跑去。沿途几乎无人，好像都在民族村里流连徘徊，竟然少有去滇池的人迹。路的尽头，海埂公园，八元一张门票，进去，迎面涛声阵阵，一望无际的汪洋，就是滇池了。

这就是那颗高原明珠。我带着满怀的欣喜走近她。水边的渡船横陈，左右没有人迹。天很快又开始阴霾了，湖水一如天空的颜色，有些混浊，有些铅色。却是拍岸声声，空自回响。我没想到滇池如此寂寞，真的，有些辛酸的凉意。我不知道是天气不好的原因，还是时候过晚的缘故，我沿着湖边的小路径自往深处走去，只看到没有了树皮的高大的桉树，以合欢的姿态拥抱着伸向天空，一座仿佛画中静卧的竹桥，一家掩着门扉不知营业与否的咖啡馆，一处绿藤攀绕门前书着“松涛烹雪醒诗梦，竹院浮香荡文思”佳联的小院落。

大约走到公园的中腹时，我看到一只在湖边潮湿的台阶上蹦蹦跳跳来回踱步的小鸟，不远处还有一个弯腰在水中专注捕捞什么的老妇人。我向她问路，她也只用手指向前指了指，又埋头继续她的事情了。

我终于找到了写有滇池的碑刻，细读上面的古老传说，那美丽的传说，被我用相机珍存了下来。我索性也坐在湖边的石椅上发起呆来，听滇池的水一波一浪猛烈击岸的声音，看一只黑色的小鸟在眼前旁若无人地蹦来跳去，一颗心，似乎空了，什么都不用去想。

当我终于察觉到天色已晚，开始原路折回时，发现左边沿途的篱笆上爬满了紫色的小花，雨后它们三角形状的花瓣泛着剔透的光亮，盛开得拥挤而热闹。手中的相机一次次按下，边走边拍，渐入佳境，居然有一些意境很美的画面定格。直至回过神来时，发现暮色已一点点笼罩了滇池，整个海梗公园里寂然无声。此时雨丝开始细密地斜织过来，不争气地心头一悚，小跑几步，出去了。

门口就是44路的始发站，坐上车往回返时，我想，这个下午和黄昏，寂寞清静的滇池应该是属于我一个人的。

看得见白云的午夜

洗了澡，去除了仆仆风尘，披着一头湿漉漉的长发从卫生间出来，晚间的电视节目正如火如荼地争抢着热播。窗外华灯万盏，人流如织，这是昆明的晚上，休闲的时光。

导游曾告诉我，想尝昆明的小吃，酒店外不远处就有。一个人惬意悠然地信步出来，往右手方向踱去，十几米远处就有烧烤的摊子一字排开，一家挨着一家，家家烟火旺盛，飘散着诱人的香气。

这里的烧烤，无所不有，只要是吃的，都可以拿来成串，绝不像我所在的城市，烧烤品种乏善可陈。那里案前一字摆开的：西葫芦、猪皮、豆腐、土豆、韭菜、鸡爪、鸡肝、鸡心、鸡脆骨……

素串五角，肉串一元，你只要点好了他就拿来放在火上烤，所有的串都担在一个一米多的铁框子上，一条条的铁条间隔四五指左右，底下是炭火。客人多了，摊主心急了，还用扇子扇风，熟了抓起旁边碗里的混合调味粉厚厚地撒上去递给客人。

本来我是抱着大快朵颐的心情，想要将昆明的烧烤美美地吃遍吃饱，但是，当我把一排烤韭菜、一串烧土豆片、一串烤猪皮勉强吃下去后，面对盘子里大批残余，只能是望串兴叹了。

怎一个辣字了得。我也是吃辣之人，但昆明的辣却是不敢领教。这里的烧烤不过油，直接烧烤出来本身就水分不足，干辣椒面一撒，厚厚的一层，吃到嘴里干辣干辣的，嗓子火烧火燎，绝对难以下咽。我不得不缴械投降，弃食而去。还好，总有能吃饱肚子的美食，炒螺丝，三元一大饭盒，正宗的云南米线，两元一大碗。露天的大排档前，有不少人坐在小桌旁，用牙签不厌其烦地挑着螺丝在细品慢咽，就着一瓶啤酒，几乎能从傍晚坐到夜深。

接近晚十点时，我在路边一个卖彩色石头的小摊前翻翻拣拣，和卖它的乡下小夫妻闲侃起来。女人的身上还背着个小孩，有时把小家伙放下来抱一抱。我们一直聊到夜里十二点，那个还不会站立的小不点儿依然睁着眼睛陪他父母，其间也不曾见他们喂他一口水，更别提其他食物了。我有些心疼地提醒他的父母，孩子是不是应该睡了，或者应该吃些东西了，他那刚刚年满二十岁的俊俏小妈妈大大咧咧地笑了，她说习惯了，每天都到这么晚，小孩也习惯了。

我在他们的摊前挑了一些圆润的石头，要了一些不同颜色的细绳，想着拿回去也送给小孩子们，挂在脖子上好玩。那个晚上，我抬头看到昆明的夜空，竟有朵朵白云在出没，惊奇莫名。那对夫妻告诉我，在云南，这样的怪事还多着呢，没听过云南十八怪吗，鸡蛋拴着卖，姑娘像老太，帽子当锅盖，鲜花当蔬菜……

在后来的旅途中，我逐渐看到和了解到十八怪的种种奇特之处，不免会想起昆明午夜街头那对热情的小夫妻。

阿诗玛的故乡

第二天，旅程算是正式开始。导游和司机早早地就到饭店门口等候。昆明导游的敬业精神是非常值得称道的。敬业，守时，和气，热情，还幽默风趣。

和我一车的两对小夫妻，一对性格比较尖锐，好像因为钱的问题常有些碰撞。他们也直爽活泼，在导游的讲解中，两个人经常会积极响应打趣，逗得我们笑声不断。另外一对小夫妻则低调很多，两个人全是嘴巴闭得紧紧的，静静地依偎在一起，在大家大笑的时候两人的表情也是波澜不惊。这使我更偏爱观察他们，我想夫唱妇随，默契到用眼神交流的两个人，应该有着更为长久的明天。

那一天去昆明的石林县。说实话，我对这个地方并不是十分地向往。我想再美，也不过是些石头罢了。一去，果然有些失望。并不是因为石林不美，它是喀斯特地貌的地质公园，各种怪石林立，地形地貌让人感叹造物主的鬼斧神工。但是这个地方的人真的是太多了，我想在“石林”两个大字前留张影，照片上至少拥挤着数十个人头。人潮汹涌杂沓，在名山秀水之间，让人兴致索然，望而却步。曾记得有一年我和好友蔷薇经过苏州，十分钦慕地专程跑到寒山寺，只到了大门口，就再没有移步的勇气了。我俩坐在运河边的水泥栏上，眼前，充塞着重叠交错的脚和腿。

“夜半钟声到客船”的意境一瞬间灰飞烟灭。

到如今，我想起那么美的地名来，眼前还是不寒而栗的喧嚣人墙。

在传说阿诗玛化身的石峰前，我也和旅客们一样庸俗了一把。一身阿诗玛的装束穿着一次十元，我看租衣服的老阿妈收钱都到手酸了。拍出来的形象，自己并不满意，哪里有阿诗玛的半点神韵？衣非那彝族地道的织锦，只一块化纤的薄布而已。人非那为爱可以坠江而去的少女，我只是个在城市的烟尘里浸沉了太久的沧桑女子，只是一个匆匆过客在此惊鸿一瞥，不留片羽。

大理的风花雪月

去大理，要坐一夜的长途列车。晚上早早开始在昆明的车站等待十一点钟的火车，时间流逝中，会有些落寞的味道在心头盘旋。总觉得，白天一个人玩的时候，是惬意自由的情怀。夜晚赶路奔波的时候，就是另外一番情愫。异乡人，漂泊辗转，终会怀念家里的那盏灯。

好在上了车，早早洗漱完毕，和衣躺在中层的铺位上，局促憋闷的空间里，会找到一丝栖身的感觉。只要能沉沉睡去便好，不要再听到那漆黑长夜里单调得让人生出离愁的铁轨声。

清晨下车踏上大理的地面，远山绵延苍茫，小站有着说不出的古朴简单，微风拂到一夜睡意惺忪的脸，沁凉清新到心头一醉。一个让人生出无限欢喜的边远古镇，像离红尘很远的世外桃源，隐在这苍山的脚下，世代栖居，生生不息。

等待守候的导游和车辆就在阶下。不得不和其中那对热闹的伉俪分手，匆匆地道声再见，他们就被另外一家旅行社接走了。

在云南全线旅行，如果是报的旅行社，就要学会做蒲公英，聚与散都云淡风轻。你永远不知道在自己的下一站会有什么人出现。当日的导游只会在晚上安排你入住酒店时，告诉你明天几点在大厅等待，到时候自然会有人来接你。至于是谁，哪里的旅行社，什么样的车，一概不知。散客的资料只有在接到传真的一刻才见分晓。这就像在搞地下工作，等人用暗号接头，让我在每一个行程里充满了小小的期待和不安。

一大车的陌生面孔。好在那对沉默的小夫妻还在。原来的同行者只剩下我们三个人时，反而有种亲近的感觉了。由陌生到熟悉，人总是恋旧的动物。导游是一位爱笑的白族姑娘，语速很快，边走边讲。车内她身后的电视里，正播放着《综艺大观》在大理做的一期节目。

“蝴蝶泉边好梳妆……”温柔如水的歌声，感染了在座的每一位旅客。有人跟着哼唱起来了。左侧，是一望无际的苍山，云雾缭绕的山峰，据说有皑皑的积雪终年不化。他们说，在大理，你怎么走，也走不出苍山的视野。

下关风，上关花，苍山雪，洱海月。所谓的大理风花雪月，原来是四个地名的自然景观，美好得让人浮想联翩。可惜，我只领略到初下火车时的下关风。其他三者，神往，却无缘一会。坐船游洱海时，飘落着雨丝，到哪里寻那明月辉映洱海的良辰美景？

蝴蝶泉的水果然清冽得让人不忍洗手。参天的竹林，清幽而葱郁，一左一右两条石子路，是青年男女对歌时分道走来的。而最左边的那条宽些的路，是要等情意相投成双入对时分一起走回了。来晚了几日，过了一年一度的对歌盛会。想那小伙姑娘对歌，该是像云雀的歌声，穿破云层。当两情相悦春心荡漾、彩蝶泉边翩翩起舞时，该是人间何其至性至情的一幕。

大理的古城方正，城门的青砖厚重，会让我想起了金庸的武侠世界，对这里充满了莫名的迷恋。洋人街是条商业街，我在那里买了白族阿妈的蜡染布，想着回去当床单用，或者挂到书房的墙上，那股浓重的原始混沌气息，像是来自神秘的力量和召唤。信步悠游的时分，我又意外地发现，这里的云子比导游所带去的大理石加工厂要便宜一半以上，立即解囊买下。那墨子迎光照去，通体呈剔透的墨绿色，真真宝贝到爱不释手。

我在那里还买了一把竹剑，因为上面有墨书的大理段氏神剑，多少算个留念。想起那段王爷七妻八妾的神仙风流，大理，在我的心中就像一位异域美人秋波盈盈。吹风，观花，望雪，对月。大理，这样一个理想主义的浪漫古镇，清雅幽远，韵味深长。

丽江，没有围墙的古城

来云南的音乐序曲过后，我一直期待着丽江和泸沽湖，我知道那才是这场盛会的高潮。大理离丽江并不太远，坐了一上午的汽车，中午就抵达了丽江。一个何其美丽的名字，一个何其美好的地方。

这是闻名世界的没有城门的古城。当年的木氏土司建造它时，是怕了一个“困”字，才得以成就了震惊后人的古镇建筑格局。看似开放的镇子，却也暗藏玄机，一夫当关，万夫莫开。逆水出城，顺水进城，在这里，贯穿街巷的河水是暗号，是向导，就像水浒中的祝家庄，见杨树往右拐一样。知道的可以长驱直入，不知道的可就进入迷魂阵了。神秘而开放的茶马古道，过去年代里的纳西族人就是在这里和藏民进行商贾贸易。丽江古城，绝对是纳西族人民的宝贵遗产，是纳西族留给全世界的宝贵遗产。而在这小小的丽江，竟有着世界三大遗产，东巴文化，丽江古城和三江并流。

我对纳西族怀有深切的好感，甚至有一点点虔诚的景仰之心。这个民族信仰天人合一，崇拜青蛙和蛇，盼望多生多育，人口繁衍生息，尊重自然，善待生命，心甘情愿以一颗自由平等博爱的赤子之心，与大自然和平共处。不能不说，纳西族的文化深邃而神秘，在滇的少数民族里它一直是人口最少、实力最弱的那一支，常常受到彝族、白族和普米族人的欺负。但就是这样一个民族，却有着绝顶的聪明和智慧，居然有着自己的文字和音乐，东巴文化，纳西古乐，加上丽江古城，被称为它的三个活化石，流传今世，时光难掩摄人心魂的光芒。纳西民族也有着过人的胆识和勇敢，在它的历史上有名的黑白之战，以普米族败、纳西族胜的结局而告终。这一切的一切，不由我不对这方水土和这个民族产生由衷的敬意和向往。

游客们看到的古城，其实只是丽江古城的三分之一，保留完好的大研古镇。如果说我此前去的周庄清幽婉丽的话，那么这个地方和它有着异曲同工之妙，更多些沧桑和岁月的负荷，多些阳刚大气的气质，如果说周庄是江南的美丽柔弱女子，丽江则是边远蛮夷之地的英俊魁梧少年。

路过大风车，进入丽江古城的腹地，街巷两侧全是林立丛生的店铺。

东西五花八门，但格调却大多不俗，价格也比云南别处高出不少。因为这里老外出没，店铺有很多大概就是为了那些浪迹在此的外国人而存在的。我看上一条羊毛披肩，认真地砍价，老板眼皮都没抬，一副不屑搭理的模样。后来，我发现，这样架子十足吊儿郎当的老板，几乎遍布整个古镇，一半是这里懒散惯了的气息造就的，一半则是洋人宠出来的傲气。要不怎么网上总在说，丽江是全世界最适合发呆的地方。

我在各色的傲慢店铺里进进出出，终于发现了一处上好的所在，一家叫作石头的小店门面不大，却设计别出心裁，宁静异常。门口贴着交换二手音乐光碟和书籍的字样。里面摆放着各种较为先锋的书籍，音箱里放着一曲动听而忧伤的久远音乐。可以说，我是被音乐吸引过去的。就这样我在里面的小藤椅上坐了一个下午，翻阅他家的一些有关摄影和旅游方面的书籍。

外面是哗哗的雨声，里面却有点亮了扎染布艺的昏黄灯火。后来，我轻声问身边一样也在低头读书的老板，这是什么音乐。那个淡定到几乎面无表情的女孩，冷冷地回答了一个名字。我太孤陋寡闻，一点儿也没有听懂。但我想这必是从哪个外国人手中换来的二手音乐，国内无缘聆听的那种。坐在我右侧的一个小姑娘忽闪着大眼睛，歪着头听了一会儿，告诉说大概是牙买加的雷鬼音乐。然后她问我，你也是一个人吗？声音充满了欣喜。得到我肯定的回答之后，她接着说，她在这里还碰到了两个和她一样独自在丽江漂泊的女孩子，她们约好过两天去梅里雪山。问我能去吗？

那一刻，我摇头表示了遗憾。她是辞职跑出来的，带着差不多够生活一年半载的生活费，在这里消磨时光，享受阳光。丽江的柔软时光真的诗意无限，可惜我围城重门深锁的女人，什么也无力放下。年轻真好，无拘无束真好，叛逆的年代，可以叛逆的年龄，让我不敢回首。

一盏夜雨，相忘江湖

在丽江的那一晚，就像是前生注定的旧梦。我想此生不论早晚，我都会来到这个地方。抑或说，这个地方终会以某种神秘的力量，召唤我前来相见。我相信，这只古老的陈船，会渡有缘人。那一刻的柔软时光，让我直想今世拥有，却在错失的经年之后，惆怅人生苦短，在心底里留下淡淡的伤感。

有关丽江的资讯上都说，丽江是情调的天堂，是怀旧的天堂。后来我在那家“石头”的书架上翻阅《丽江的柔软时光》，还读到它是艳遇的天堂。艳遇，这个词让人的遐想生出羽翼，恍惚间觉得丽江或许就是某个情感的归宿之地。丽江，原来只不过是一座少数民族的古镇，茶马古道的要关，全无半点时髦的踪迹可寻。现在却是商家店铺林立丛生，于古朴神秘的阡陌纵横里，时时处处散发着前卫而时尚的让人蛊惑迷失的氤氲之气。跌入这个纳西英俊男人的温柔乡里，没有人再有力气挣扎了。时光不老，丽江不老。

穿过银匠百年的老店铺，按捺住艳丽披肩羊毛毯子的温暖吸引，抵挡妖娆鲜见的服装和水晶鞋子的诱惑，走过那些风格特立独行的门面，越过那些物质的欲望，我执着而又急切地想寻找到酒吧一条街。网上说它是全世界最适合发呆的地方。那么多的人追随丽江而来，蛰伏在它的屋檐下，瞌睡，发呆，沉默地游走，安静地傻笑，烂醉，抑或痛哭。

留宿丽江的那一晚，正下着淅沥小雨。同一个团的人都早早地睡了，他们只想留着体力去爬明天的玉龙雪山。或许，一个下午的游赏，他们已然认为走过了丽江。

我一个人坐在了樱花酒吧的露天座椅上。要了一杯绿茶。我喜欢这家酒吧歪歪扭扭张扬在墙上的一句宣言：全世界热爱酒吧的人联合起来。肆意得可爱。人群，从我的眼前走过，散开。这个时刻，是何其奢侈。

我似有心事，却无心事。红尘中一切，都随风远逝。那一刻，我在心中说，我爱丽江。虽然我知道丽江在如海的情人之中，多我一个不多，少我一个不少。

心神翱翔的时分，一个女孩子向我款款走来。她说姐姐你也是一个人吗，我们两个结伴泡吧如何。原来又是一个独自徜徉梦游的小女子。人海中，丽江是让我们更好相遇的地方。在她的提议下，我们换了一个较为热闹点的酒吧，小巴黎。有着朦胧的音乐和鼓点的背景，里面几乎每张桌子都满了。红酒上来的时候，身旁另一桌的人们却招呼我俩了，小妹一起过来玩吧。人多了热闹。

那一桌上坐着两个女子，三名男子。都是已过而立的年龄。我们过去，微微一笑，就混迹其中。几个人争着提议着酒令，众人投入地游戏，谁多喝了一杯，就开怀地大笑。陌生，却又似曾相识。我注意到左侧的男士沉静，很久也不发一言。他说他来自广东。我右边的男士则张扬活泼许多，很多的酒被他一饮而尽。他告诉我他从湖南而来，这已经是今年第三次来丽江。对面的一对男女也是活跃而热情的，他来自北京，她来自河南。他们，原来全部都是丽江的老朋友。并且，因为常来，在这里相识，在这个酒吧里相聚，甚至，他和她，在这里相爱。我看到他们彼此的眼神，早已心照不宣。

和我正对着脸的一个女子，白净而丰腴，略带些傲慢的睿智。她说她是一位自由撰稿人，来自广东，在这里已逗留一年。她让我叫她丹姐。丹姐手指间燃着一支烟，有着阅尽千帆的从容淡然。因为文字的关系，话语投机了许多。她告诉我她的手机号码，允诺我下次再来如果她还没有离开丽江的话，她会帮我安排住在旧城。

午夜时分，外面下起了大雨，只穿着一件衬衣的我感到了丝丝寒意。而同时丽江的酒吧里却在走向沸腾，如火如荼。我在“一只青蛙，跳水，扑通；两只青蛙，跳水，扑通，扑通；三只青蛙，跳水，扑通，扑通，扑通”的一片扑通声的酒令里，早已糊里糊涂了。和我一道的女孩在这里遇到了老乡，他们猜拳行令已经站到了桌子上，旁若无人，憨态可掬。后来，我在回忆时，已记不起那个女孩的名字，只记得她长着一张俏丽的脸，是成都的一名护士。

萍水逢，萍水散，管他是谁，暂且相忘于江湖吧。如果不是因为我拿着钥匙，担心旅行团给我安排住在同屋的那个女人无法进屋休息，我想我一定会随遇而安，就此一直玩到散去的一刻。我起身告辞时，一桌人都露出了一丝不舍，我告诉他们后天从泸沽湖归来，我还将住丽江一晚，到时一定前来再聚。好的，我们还在这里等你，不见不散。他们用目光为我送行。

而我，两天后从泸沽湖归来，暮色里正下着冷雨，我瑟瑟发抖，因感冒发起烧来。犹豫再三，穿好所带的全部能上身的衣服，在新城里准备打车赶往旧城的风中，身体竟有些摇晃起来。那是我最无奈的一次作罢。在丽江新城的宾馆，插着电热毯，一个人沉沉睡去。丽江，我热爱的丽江，原谅我辜负了这能与你相守的一晚。而那些约好等待我的朋友，也请原谅那个女子的食言吧。

时光柔软，那一盏夜雨里的灯火，照亮我心中的纳西古镇。丽江，我终将回去。但愿，能再拾失约的友谊。

走近泸沽湖

拂去酒吧归来的兴奋，在窗外滂沱的大雨里，丽江的一夜睡得很沉。

泸沽湖在梦中波光粼粼。

第二天醒得很早，天有些阴冷。酒店门外候着的是一辆小巴。这是我此行中第一次坐这样的车子，除去导游，旅客算我只有六七个人。一眼就看出个中有三位落单的，各自占着临窗的位子，身旁空空。其中两位男士，一位接近不惑，一位大概而立，还有一位单身女子，瘦高的个子，扎着一条随意的马尾。不由窃笑，这些家伙，都是好浪漫诗意的独行客，也都是好自私的旅者，一个人欣赏沿途的盛景，那满怀的喜悦要怎生处置？我在这彩云之南的行走中，日夜竟对良辰美景，直欲欢呼雀跃，手舞足蹈，内心波涛汹涌，常常因为一颗心盛不下要溢出去，直至在忘情的那一刻，生出身边无人分享的恨意。

我坐在了前排那位不惑男子身旁的空位上。他带着专业相机，是位摄影发烧友，自我介绍来自甘肃兰州。因为人少，气氛很是轻松亲切，没有了坐旅游大巴的正式严肃意味，倒像是我们几个包车自助出游似的。泸沽湖距丽江大概有 210 公里，沿途尽是盘山路，渐攀渐高，弯道很大，路程跑起来遥远辛苦，大概要七个小时才能到达目的地，也就是我们晚上的落脚之地——大洛水。导游介绍泸沽湖属于宁蒗县，是全国贫困县，云南特困县，当地农民靠吃土豆和玉米为生。

司机和小导游居然都是摩梭人。

车是司机小梁师傅自己家的，专程跑丽江到泸沽湖一线。这是一位长得不错的小伙子，颇有些油气，一路上嘴巴不停，玩笑不断。后来半道上他的外甥上得车来，十四五岁的少年，穿着摩梭当地服饰，在丽江才进行表演归来，竟也和他的舅舅一样插科打诨，一副人小鬼大无所不通的样子。导游让他给大家唱个歌，他亮起嗓门就是一曲改了荤词的《大花轿》，真要叫我大跌眼镜。有其舅必有其甥。他们，原来是一脉相承。

摩梭人是国内唯一的母系氏族社会。阿柱和阿夏生的孩子，是要终生生活在母亲家中的，陪伴他的男子，只有他的舅舅们，而他，也要在成人后一起养育自己姐妹的子女。至于他的孩子，那就是女方家男人们的事情了。所以我们面前的两个摩梭男子，无异于父子，可惜甥舅年纪相差不多，沆瀣一气，倒是率性流露，无遮无拦。

导游姓陈，是个文静的女孩，脸蛋上有天然的红血丝，想必是当地高原气候的缘故。她的个子很矮，但她反复给我们强调，他们摩梭女子都是个子很高的，她的阿妈、阿姐身高都接近一米七，像她这样的个头是个特例，几乎是不被男孩子青睐的。然后她在车上教我们学了几句当地语言，如“你好”是“诺家”，“谢谢”是“阿咪兹”，“吃饭”是“汗兹”，“我爱你”是“玛达咪”（这句在情歌里是常出现的），“再见了”是“泪朵朵”等。陈导是师范出身的，因为县里财政困难，没有分配，在当地正式老师大约月薪1200元，但做代课老师才只有200元左右，她不得已才干上导游这一行。

陈导告诉我们，晚上到达之后有篝火晚会，是要对歌的，一定要先教我们几首做准备。于是，她和小梁先对唱起来。那是在当地最为流传的《泸沽湖情歌》。他和她的嗓子天生高亢清朗，摩梭人的唱功可见一斑。我掏出纸笔把歌词记录了下来：

小阿妹，小阿妹，隔山隔水来相会。
素不相识初见面，只怕白鹤笑猪黑。
阿妹，阿妹，玛达咪，玛达咪，玛达咪。

小阿哥，小阿哥，有缘千里来相会。
河水湖水都是水，等水烧茶慢慢热。
阿哥，阿哥，玛达咪，玛达咪，玛达咪。

情妹妹，情妹妹，漫山金菊你最美。
你像明月当空照，我是星星紧相随。
阿妹，阿妹，玛达咪，玛达咪，玛达咪。

情哥哥，情哥哥，人心更比金子贵。
只要情谊深如水，黄鸭就会成双对。
阿哥，阿哥，玛达咪，玛达咪，玛达咪。

我们开始小声跟着学唱。陈导和小梁不干，嫌声音太小，一句一句地教。终于到全车群情激奋，个个亮嗓直抒胸怀。歌声穿越车窗，穿越路旁繁盛的野花和茂密的树林，飞落进脚下的金沙江里去。

湖畔篝火明月夜

落脚已接近黄昏。和同车的单身女孩被安排住进一间竹楼上。竹楼是简陋的，没有独立卫生间，四张单人床各靠一隅，阴雨天气且又临水而居，潮湿阴冷的一夜，我加盖了另一张空床的被子，插上电热毯，还算哆哆嗦嗦凑合过来了。

但这样的经历是一定不可逃避的，出门在外，怎可事事都安逸？竹楼体现着摩梭人居住的特色，临湖而建，是观景绝佳处。就如当夜推开窗，泸沽湖猝不及防地突现眼底，那一片白光光的水色啊，灌满心间。江天一色无纤尘，皎皎空中孤月轮，在银光的笼罩下，泸沽湖静谧一如处子，波光粼粼似诉无限心事，她只说与有缘人，说与天涯共此时的遥夜未眠人。

晚饭后我们直奔篝火晚会。看着那些摩梭小伙点起篝火，一群身着盛装的年轻人手拉手围着火跳起舞来。据说他们的男女定情多在此时，相悦的暗号便是挠手心致意。

此处要讲一讲我对摩梭人的印象。真应了小导游的话，她的这些同族的姐妹弟兄几乎无一不标致，和他们比起来，我们的导游可谓一群白天鹅中那只落落寡欢的小鸭子。摩梭人的女儿身材高挑修长，男儿高大英挺，一个个赏心悦目。我举着相机对着摩梭帅哥那些英俊的面庞一通猛拍，心中不无倾慕，这神仙的所在，这神仙的婚配，这神仙的佳人儿！据说摩梭人一直不承认自己是纳西族的分支，后考证结论不一，有说属于成吉思汗的后裔，蒙古游牧民族，也有说是西北最古老的民族，古老的氐羌人的后裔。总之，从模样身形来看，确与地道的滇南纳西族人区别较大，他们比纳西人多了些剽悍骁勇，比蒙古人又多了些俊美清秀。且不知是否由于走婚的缘故，摩梭女子多能言善辩，男子天生倜傥风流，端的是未经世俗桎梏刀削斧砍的人间璞玉，奇世异珍。

如果一切就一直保持这样多好。但有哪个民族能抵挡被汉化的进程，哪个地域又可以抵制现代文明的诱惑？后来盘腿坐于老祖母的炕上时，老祖母指着电视说这是个坏东西！时代的车轮滚滚辗来，越来越多的摩梭人拥有了电视，越来越多的年轻人迷上了电视，他们，渐渐地知道了金钱的分量，知道了仇恨与杀戮，知道了争夺与占有，知道了分家与独立。越来越多的年轻人的价值观被彻底颠覆，就如清流的小溪改变了流向，争先汇向外界的大同里去。

篝火晚会序幕拉开。此间游客被邀请陆续地穿插进来，简单的舞步很容易就可以掌握了要领。不过也有稍笨点的，踩了别人的脚，或者慢了半拍，绊了一跤等，场面渐渐乱了，杂了，散了，摩梭年轻人一个个抽身退了出来。接下来摩梭歌手献歌，与旅客对唱，一大群游客余兴未了，狂抒世俗的浊气，暂做一回潇洒不羁的放浪行者。

直至夜色阑珊，一个个身影散去。归途中，总有旅者会冲着摩梭姑娘的背影大喊一嗓子“玛达咪”，憨态可掬，善意的嘲笑声不止。甚至后来当我和那个同行的女孩不管不顾地也朝着对面走来的一位摩梭小伙喊“玛达咪”时，身后竟应者如云。小伙子落落大方地回应着“玛达咪”，我俩自是不敢接招，嬉闹着落荒逃去，竟似醉了一般不知今夕何夕。

大狼巴的疯话

同室女孩并不比我小太多，未婚，厌倦了工作辞职出来散心的。她并没有什么心情体会风景，絮絮叨叨着一些不着边际的话。我邀她下楼与我同去大狼吧看一看，她告诉我累了。

外面刚下过雨，沿着泸沽湖踩着一脚的泥泞，一个人来到盛载海伦和大狼传奇爱情故事的大狼吧里。

毕业于北京高校的海伦从繁华都市广州远嫁泸沽湖，和英俊的摩梭小伙大狼共修百年之好，这故事早已被流传红尘，沸沸扬扬。据说在他们创建的酒吧里可以看到二人现身。

我选择坐在吧台前的高脚凳上。这是一把没有涂漆的方木凳，配合着酒吧里的大量原木原色的古朴风格，四条非常高的木腿，坐上去两只脚竟还够不着地，可以随意晃荡着两条腿，倒像个没心没肺的不羁女子。

在云南行走，并不觉得一个人有什么不妥，因为随处可见独行的同类。此时，就有一位穿着黄色衬衣的女子坐在了我的右侧，见面熟似的一句："你一个人出来吗？"一看就是快人快语的那种。她说她的同伴们都窝在旅馆打牌，她自己出来走走看看。胡乱地聊着，她就开始引到了婚姻的七年之痒上，看得出，她正陷在不可开脱的困惑阶段。大半个晚上，我做了一回倾听者，时不时插上两句话，晒晒自己的观点。她起身告别时，彼此挥一挥衣袖，不带走一片云彩。

靠窗的木桌上放着数十册留言本，厚厚垒叠，引发了我的好奇心。于是转换座位，开始翻看那些留言。写给泸沽湖的，写给自己的，写给某人的，也有自言自语的……细细读来，竟像是走进了一个个孤独灵魂的深处，那些秘密盛开的不曾示人的心底之花，却在这里连绵起伏，盛放不绝。那些厚厚的留言本里，关着连篇梦呓，一颗颗或痛楚或甜蜜的游子心在这里印下跳动的深痕。

数码相机为我捕捉了一些雪泥鸿爪。幽暗昏黄的灯下，那些流畅抑或拙稚的笔迹——

“中国的三毛，四海为家，这里是你的爱的归宿，永远的香格里拉吗？”

“来泸沽湖次数久了，会有些感觉平淡是真。一直以来，都向往有个安静的地方可以供我慢慢享受，特别是和我心爱的人，宝贝 SQ 分享，那是多么开心多么幸福的事情，我一直都在等待，等待着 SQ 来到这美丽的地方，盼，一天一天，梦，一夜一夜，宝贝你知道吗？我是多么爱你。一辈子一辈子，永远永远……”

那些疯话，像隐秘的青苔，也许藏在斑驳的流年里，日复一日、年复一年地暗自滋长，爬满寂寞紧锁的深闺。可是这里，美丽绝世的泸沽湖，却允许它们现身出来，安静倾听，不溢不流，满满盛托，澄明清澈，荡涤旅人一身尘埃。

此时只身游历云南，在泸沽湖畔大狼吧里静坐，雨声落寞，行人纷攘，在那一本本远行客的留言里，我也暗把我的痴话写下。那个雨夜里，我没有等到传说中的神仙美眷大狼或者海伦。但却在随手翻阅的那一本本秘密的笔记中，见证了尘世的奇恋，忧怨，悸动与自由。有那么多的人，在泸沽湖的上空飞翔过。他们是谁无关紧要，他们如我一样陌生而熟悉，让我嗅到同类的血性味道。

疯话就此搁下。尘世难得有盛载它们的器皿，种植那些隐秘的心愿。一如《花样年华》里那些永远封存在树洞里的疯话，在无人知晓更无须知晓的时分，在星空下，在雨夜里，暗自长成森林。只是最让人凄怆的是，此去经年后，它们的主人有多少还记得它们？恐怕多数的疯话终将变成无人认领的孩子，孤独地流浪在空气里，秘密地潜伏在岁月间，一任白发三千丈。

宁静出世的泸沽湖，盛载传奇爱情的大狼吧，独咽一杯苦酒洗风尘。

我们，那些与我一样无法超脱和出世的孩子，有什么理由不好好抚摸疼爱一次自己的内心呢?

后　记

在后来的数天里，我又返昆明乘飞机抵达西双版纳，在那里感受热带风光与傣族风情，吃尽了梦寐以求的热带水果，坐在拉祜族男导游的小车上，于景洪市外蜿蜒曲折的盘山路上玩命猛拐狂野驰骋，刺激豪放得很，这里不再详述。

总之，美丽的彩云之南，是我此生最值得追忆的地方，在我数次的回首回味中，留下最为温暖心醉的时光。

我们唱戏，同里的夜色太黑

前年我和好友蔷薇去南京，当地一位画漫画的女友在公园里给我们介绍并唱了几段京戏流派的青衣，我开始喜欢上程派悲而韧的感觉，好友却喜欢梅派的柔媚，我们就央求她教两招。原本是戏盲，只能从最开始的咿呀唱起。可是南京到处都是人，不敢放开了喊，憋得难受。

直至到了同里，在夜色幽深的小巷青石板路上，看左右无人，我俩开始捏着嗓子，提着一口气，咿、(卡住)咿(再卡住)、咿——，啊(卡住)、啊——我那一声拐了很多弯，都感觉上不来气了，噎到那了。蔷薇却是一副柔肠百转啼啼泣泣的陶醉模样。还没咿呀两声，忽然听到前方不远处“扑通”一声，有什么倒地的声音。夜这么黑，我和蔷薇脸都吓得变色。

待我们大着胆子谨慎向前探看，耳听到一句惨叫：“妈呀，吓死我们了！”面前两个从自行车上摔下来倒地的年轻人，小脸上还沾着土。彼此愣了片刻，突然全部狂笑，东倒西歪。

两个来自上海的在读大学生，骑着两辆破自行车风尘仆仆激情万丈地前来同里，正陶醉在水乡的温柔静谧的夜色里，却恰恰不幸碰到两个才学京戏的女子，头发长长，脸儿白白，尾随其后，在夜黑风高的小巷，谁也看不见谁，陡然一声尖嗓，拖着长得不能再长的不标准的怪音，魂不吓丢了才怪。

笑够了，换作了两个男孩子一路尾随了我们，攀谈，询问："你们住在哪家旅馆？"

"还没找到。我们打算今天夜游。"

"你们是哪个学校的？"

"你看我们像大学生吗？"

"像呀。"也难怪，夜太黑嘛。

"告诉你吧，"蔷薇故意绷住脸说，"我们是大学生的妈。"（这也不是占他们便宜，蔷薇的儿子那年都十二岁了）

然后我们得意地、得意地笑着跑了。

夜泊周庄

我刻意在黄昏来到周庄，投宿之后开始一个人游荡在古镇的街巷中。

细长的青石板路有点潮湿，皮鞋踏上去有诡异的脆响。镇上的人家开始准备晚饭了，水边蹲着三三两两洗菜的妇人，白墙青瓦的老屋里飘出氤氲的烟气。老人们则只是慢品着茶，静静地坐在门前的藤椅上。从他们身边走过，我仿佛听到光阴从那些端茶的指缝中流逝的声音。

古镇已经八百多年了。典型的江南小桥流水绘就了她的美丽和婉约，依水而建的明清时代的老房子，线条简朴，绝少赘笔，简直就是一幅保存经年有些许褪色的写意水墨画。陈逸飞先生把她唤作《故乡的回忆》，可谓一语中的。凡到过这里的人，有哪一个不深切地陶醉，这沧桑的潮湿的缠绵的气息，这日出而作日落而息的生活，这濯足浣纱涉水嬉戏的记忆……这分明就是你我心中久远情思里的故乡。

终于坐上船开始惬意地在水巷中穿游时，已是夜色渐浓时分，古镇临水的小饭馆都亮起了大红灯笼，桨声灯影，波光滟涟。难怪临行前朋友劝我定要留宿一晚。游客只知周庄美，却少有人知周庄的夜景更美。

或许可以这样说，凡是留宿在周庄的人，都是她的知音。船过明初大富贾沈万三的居所“沈厅”时，古老的戏曲——周庄人所称的“宣卷”还没有开演，从一排敞开的红漆木窗里传来几声调动丝弦的声响，依稀可以看见有几个老妇人坐在黑木方桌前在喝茶静候了。

正心驰神往间，船后飘来甜美婉转的越剧清唱，忙回头去看，划来的乌篷船头站着一个穿古时丝裙的年轻女子，溯水而歌，吴音温软，落在寂寂的水面上似有清亮亮的回声。我让摇船的青年人慢些，且随着歌声悠然荡去。乌篷船划到双桥下泊住，夜色中桥头坐着的一个长衫男子正拉着忧伤呜咽的二胡，女子就应声唱了起来：“月儿弯弯照九州，几家欢乐几家愁……”

这样的繁华盛景很快就悄然退隐。周庄早早地安静下来，镇上的店铺都打烊了，家家灭了灯火，大概刚十点吧，小镇就陷入了夜的深怀，偶尔只闻得几声蛙鸣。我独自徘徊在一座座跨水的石桥间，猜测大概只有我是游走在这恬梦之外的人吧，而这一切对我来说又何尝不是个梦呢。在这样的夜晚，这样的地方，怀旧，潮水般慢慢浸湿了我的心，多少的前尘往事，昙花般又盛开在周庄的今夜，有些香氛有些迷醉，我竟然有些恍惚。

在外婆桥上坐了很久。想起了和朋友的约定，下次我们将结伴而来，来寻她的前世、我的旧梦，我便释怀了。轻别了周庄这仅有的一晚，周庄自此成为一泓清流滋润着钢筋水泥中干涩的双眸。

白头的少年在乡愁里回首

他和他，在岁月沧桑之前曾经是青葱般的少年郎。

偎在母亲的臂弯，或许还可以耍赖任性一把。或者刚娶了亲，十五六岁的他和她在床头嬉闹着纠缠。

不过是从来没出过远门的大孩子。但倏忽间，离别来了。

某一天的黄昏，他不过才放学，他大概也不过才忙完地里的活计，家就在视线可及之处。那里炊烟袅袅，母亲正在灶台前张罗着晚饭，亲爱的她正在门前的树下往他的来路上张望。

即将扑进归巢里的那几步路上，他和他被迎面拦下。一身肥大的军装就此套上瘦弱的身板，手里强行塞入的枪支根本还不晓得如何端起。

兵丁匮乏，他和他安可成漏网之鱼？无知的少年，傻傻地被枪托子顶着推上了船。这船好大呀，人潮拥挤，满眼的黄绿色军服，空气里弥漫着铺天盖地的悲戚。

闻讯赶来的人群在岸边哀求或者下跪，寻找着即将被带走的男孩子们。他和他，是家里的命根子啊。连句道别的话都没机会说。他看不清娘亲，他看不清娇妻。四下是揪心的哭喊号叫，早已分辨不出是谁在喊谁的乳名声声泣。

船开了，蜂拥的人潮向后退去。茫茫夜色里，远方的一座孤岛在等待着他们。那是一个完全陌生的地方，甚至以前从来没有听说过名字。谁曾想到，自此将成为他和他，一生的栖身之地……

乱世的离别里，虽然悲不可遏，痛断肝肠，但是却没有人可以预知，这次分别会有永远那么远。

两年，五年。他和他就这样在岁月的洗礼中长成了青年。艰苦的训练，抑或打仗，驻卫边防……从此有了壮实的胸膛，负重的肩膀，有了粗糙黝黑的面容。

早已该谈婚论嫁的了。一群一群的壮小伙，个个如狼似虎一般的年岁。但是他和他的心却不在这里，他们的统帅早就说过，早晚有一天，要带领他们重返家乡。

这信念让他激动和坚执着。早晚我要回去，回到大陆去，爹娘一定为我定下了亲事，我怎么能在这里让家室绊住随时预备开拔的双腿？

这信念让他不敢顾盼旁视这岛上的女子。多少回梦里，小娇妻还站在窗前翘首以待。他相信他和她新婚如胶似漆的欢爱，足以支撑到她等他归来。

八年，十年，十六年。归乡仍然遥遥无期。带他们来这里的老统帅都去世了。他怎么可以这样甩手而去？他曾经许给这些儿郎们五年回家的诺言呢？那一刻，泪水奔流成绝望的河，百万大军竟至泣不成声。

那日思夜想的故乡啊，在岁月里竟然越去越远。

已是渐到中年。他和他，他们依然孤单。没有家和女人，没有人世烟火与欢爱。简单的集体宿舍，一铺一桌一凳而已。

他们，成为当地人口中的老兵，那是对所有来自大陆的，川、鲁、冀、晋、闽地所有异乡兵丁的统称。再青嫩的树叶，在季节的轮回里也有发黄的时候，多年过去，他们怎么能不老去呢？

思乡苦。何以解忧，对于老兵而言，唯有苦力。在战争结束之后，他和他又投入一场新的硬仗——修建中贯铁路。那条路横穿东西，将“台湾”的中央山脉打通，工程的艰苦卓绝超乎想象。好在，都是苦孩子，打仗抬枪的身子似乎又找到了支撑。每一锤每一凿下去，都似乎与故乡靠近了一些。

他眼看着身边的兄弟一个闪失就摔了下去。下意识地贴紧了岩壁，将手指抠进石缝里去。他知道，这些生命有多不甘，多抱憾。二百多个兄弟就这样怀揣着对故乡的热切遥望，被永远地隔绝在了一条海峡之外，更隔绝在了阴阳两世之外。

他们不能再继续无望地等待。返乡运动的浪潮开始风涌，源于戏院里一出普通得不能再普通的剧目，只听名字就够让他们双眼潮湿——《四郎探母》。他和他排队买票，在戏里戏外痛哭失声。四郎尤可与母亲相见，而他和他的亲娘，生死何从，可曾安好？

两岸开放探亲的大门开启时，他和他竟然有些无措起来，近乡情更怯。在他们的身后，是三十八载不觉间流走的时光。沧桑归来鬓已白，谁还识得当年的少年？

这就是故乡啊，可却早已不是旧日的模样，离去时的一草一木，都只是留在梦里的风景吧。

而母亲，不过是一座老坟而已。娇妻何在？替他尽孝之后，独守空闺的孤寂里，贞节牌坊早已暗取了那缕芳魂。

哭过，笑过，抚摸过，拥抱过。还是要回到那个遥远的岛上去。那里还有每月微薄的养老金，可以支撑着残年里不多的日子。一株早年被移植的树苗，萎谢之前已没有能力接受最初的土壤。

二十年，直到五十年，孑然一身。

从花莲的大我退舍驶过，你或许会看到路边的长椅上，他或他就坐在夕阳里，那样地瘦小羸弱，眼望着一车车的内地旅客，陷入遐想的恍惚里。

老兵不死，只是凋零。那些渐行散去的魂魄，当去往何方？

“葬我于高山之上兮，望我故乡……”他和他的背影，依然是那五六十前的少年样，在浓得如同暗夜的乡愁里一而再再而三地回首，如此孤单，如此彷徨。他们迷路了，踽踽独行，找不到家在何方，何处是故乡。

提高现代文阅读和写作成绩的金钥匙

城市紫衣作品
阅读试题详析详解

林花谢了匆匆之二——身边人

（1）去岁中秋之前，还没见到这一年的月圆，老父走了。他告别了他牵挂的一切，临终一刻，合上双眼。却在眼角，流下最后两颗泪来。

（2）对于父亲年轻时的印象是浅淡的，作为办公室主任，似乎他永远有忙不完的工作，每天很晚归家来，被母亲埋怨数落。他夜里伏案挑灯写材料，早晨书桌旁的地上，总是横陈着无数个皱巴巴的纸团。

（3）早年的他，在女儿的眼里，是粗暴的，严苛的，爱发脾气、爱训人，那时候，我们都是怕他，没事从不往他跟前去，躲他像老鼠躲猫似的。

（4）倒是近了晚年，父亲慈祥起来，把他在我们童年时欠下的疼爱与呵护，连本带利地偿还给了他的外孙。儿子小时候往幼儿园的接送，他几乎全部承包了下来。早晨小外孙赖着不走，非要在床上再看一集动画片，这个姥爷总是笑眯眯的，没半分急躁之意。儿子有时住在父母家，他的伙食就全靠父亲了。他变戏法般在厨房张罗，哄着那挑食的小家伙吃饭，也从未见过厌烦。每晚临睡前，儿子就来了胃口，他大喊着姥爷，我要吃方便面。已经躺下的父亲起身，煮上一碗热腾腾的面加一个荷包蛋，端到小家伙的面前，还要慢声细语地讲着故事，一勺勺地喂进去。白天陪着儿子玩扑克牌，且只能输不能赢，否则必会惹来一阵赖皮的哭闹。甚至为了逗小外孙开心，父亲还会扮些搞怪模样，让儿子前仰后合。这是我们姐妹从父亲那儿从未享受过的待遇，私底下议论，感慨着父亲性情的改变，佐证着隔辈亲的论据。在父亲走后，一次和已上高中的儿子聊到父亲，说到父亲当年的粗线条，还有对我们的严肃冷淡，儿子摇头质疑。他的姥爷，大概是他心目中最慈祥和蔼的老人了。

（5）晚年的父亲日益啰唆，事无巨细，操心更多。大妹的房子，小妹的身体，外孙的学业，我的工作，母亲的行踪，都是他关心琢磨的对象，一点小事经常会使他坐立不安，耿耿在怀。为此，没少挨我和妹妹的训斥。这便是轮回吧，当年和晚年，来了个对调。有几次，母亲外出没有带手机，很久或很晚还没回来。父亲便给我们挨个打电话："你妈去哪了？"我们便劝他耐心等一等，应该是不会有什么事的。但是他过不了十分钟，还是会打电话来，逼着我们去找。往往我才下楼，或者才发动了车，他电话就过来了："你妈回来了。"

（6）三年前查出癌症之后，他从不安到淡定，已无时不做好要走的准备。一次次地往北京确诊，拿方案，尽管日益消瘦，但都还能健步来去。在化疗后的最后一年，他明显地不行了。人坐在沙发上，只看到有一颗大脑袋，眼睛无神而向外凸出，下面还挂着两个大眼袋，胳膊上的皮松垮垮地搭在骨头上，整个人已脱了形。再后来，他一天多数歪在床上，除了上卫生间，几乎不再动了。儿子过去看他，呼唤姥爷，他的头转过来得很缓慢，眼睛也昏花浑浊异常。再后来，合并脑血栓，说话也含混不明。

（7）但父亲却是什么事都清楚的。生命最后的陪床，我们听他呜呜啊啊说了不少嘱托，一半能领会精神，一半父亲只能干着急瞪眼了。总归还是孩子们，还有母亲，他放不下，那么多的事情的走向与结局，他在未来看不到了。合上双眼的那一刻，父亲泪落人间，永远凝固了他一生的牵挂与遗憾。

1. 本文通过几起事例，记述了父亲生前晚年性情的转变，请你简要概括父亲早年和晚年的性情特点。

2. 为什么在“儿子”的心目中，姥爷是最慈祥和蔼的老人？

3. 请你赏析文中画线句子的表达效果。

人坐在沙发上，只看到有一颗大脑袋，眼睛无神而向外凸出，下面还挂着两个大眼袋，胳膊上的皮松垮垮地搭在骨头上，整个人已脱了形。

4. 在你的生命中，有哪位难以忘怀的长辈亲人？你对他（她）的深刻印象有哪些？请简要举一两件事情说一说。

参考答案：

1.（1）早年父亲性情特点：粗暴，严苛，爱发脾气、爱训人，严肃冷淡。（2）晚年父亲性情特点：慈祥，和蔼，对外孙加倍疼爱与呵护，啰唆，爱操心。

2. 因为"儿子"自出生记事起，就从没见过母亲和姨妈心中当年姥爷严厉冷淡的样子。姥爷晚年性情大变，尤其对孙辈极其宠溺。在"儿子"的印象里，只有姥爷对他的疼爱、呵护、养育与陪伴，还有近乎没有原则的宠溺，如晚上临睡前要吃方便面，打扑克只能赢不能输，等等。

3. 使用体态描写，生动地表现了父亲经过病痛的折磨之后，身体和形象都衰弱不堪的样子。

4. 可自由发挥，如外婆、外公、父母、叔伯、姨母等。简要概括他（她）给你深刻印象的一两件事情，表述清晰即可相应得分。

一条小街的声音

（1）我无意于侧耳倾听小街的声音。但是，因为临街而居，我从无选择地做了他的听众。

（2）小街很短，只是这座城市里两条马路之间挟持着的一条通径。但是小街另有一种出类拔萃的气质。路边的老槐树枝繁叶茂，为这条小街撑起最为葱茏的浓荫。那几乎也是这座城市里最为浓重的绿意了。整个夏天，从小街上走过，阳光的肆虐与暴烈恍如隔世，只有斑驳的光影述说着流年的喁喁低语，带着缕缕的清凉沁入心脾。夏天，因了小街，因了树影，因了那时断时续的蝉声，而多了几许午睡难醒的慵懒与缠绵。

（3）小街有着丰富而多变的表情，而在他头顶鸽群飞过的幕帘后，我听得最多的，是他的声音。时而静若处子，岑寂而落寞。时而又车水马龙，烽烟四起。在他的怀里，坐落着这座城市里最好的小学。就像家富深山有远亲一样，小街总会在一天几个特定的时刻，于学子们来了又去了的轮回里，人流如潮，喧嚣澎湃。

（4）我初搬过来时，在清晨的槐花清香里醒来，听到的是对面小学窗口里飘来的读书声。"人之初，性本善，性相近，习相远……"童音朗朗清脆，于晨光中穿越我的阳台，飞翔在我的枕畔，银铃一般回响。

（5）也总会有一个少年，用着已经开始变声的男孩子的嗓音，在谁家的楼下叫着一个名字，呼唤他一同上学去。这个声音出现的时候，小街正有清洁工人在清扫。小楼昨夜听风雨，明朝深巷卖杏花，那一地细细碎碎的落叶，不知何时在昨夜的西风中凋零吹去。有晨练的老人跑过。那个叫"潘小攀"的名字总是被如期地唤醒赴约。多年以后，也许我和我的街邻会不认得这个孩子，但是他的名字，想必不会在天长日久的温习里被忘却。

（6）然而，那些不是假期的午后，我会无可逃避地堕入小街的尖叫。那是一种无法淋漓释放的紧张。赶着时间上学的人潮车流，一时间全部卡在小街的喉里，咽不下，吐不爽。堵住的汽车开始气急败坏，一声声按下，心急火燎的长鸣，久久不肯停下来喘息，直刺向人的耳膜，烦躁了每一颗心，突突兀兀地跳动。

（7）黄昏时分，准时会有音乐响起。那是杨钰莹唱过的一首很老旧的歌曲，“不要问我星星有几颗”，却在这里永久地做了老翁老妪晚练的音乐背景。只要歌声响起，老人们就不知从何方渐渐地围拢了过来。在那块唯一还算宽阔的小空地上甩胳膊压腿，扭腰送胯。大约半个小时，人群散开，开始三五成群，借了路灯下象棋，聊天，闲坐；孩子们玩耍，嬉闹，追逐，大声尖叫。夜色渐深，所有的声音归于沉寂。小街睡了。

（8）但沉睡的小街偶尔会有一窗坚守的灯，白亮亮地照着夜路。那是夜半还在写字的我。有时，我会从阳台向夜色中的小街张望，寻找一样和我亮着灯光的窗口。那时，我是孤寂的，因为我的眼前沉静如海，悄然无息。进入夜晚，小街竟然连一辆车都罕见打扰。他竟然可以和怀里的人们，一起舒展四肢，抛却红尘万般事端，就这样沉沉地睡去。但有一晚，我听到了一个女子绝望的呼叫：还给我，把包还给我！我悚然一惊，奔至窗前，看到了转瞬即逝的惊魂，再没了声息。原来小街的夜，竟也有若此的危机暗潜。好在，三百六十五天里，小街酣睡了三百六十四天。于是在晚风吹动窗棂的声响里，我倒头睡去，融入这无边温暖的黑暗。

（9）尘世与小街的万千声音，在我的耳畔退去，在我的梦中升起。

1. 本文写了什么事物？请用简洁的语言概括。

2. 请你任选一段，赏析文中画横线的句子。

（A）然而，那些不是假期的午后，我会无可逃避地堕入小街的尖叫。那是一种无法淋漓释放的紧张。赶着时间上学的人潮车流，一时间全部卡在小街的喉头，咽不下，吐不爽。堵住的汽车开始气急败坏，心急火燎的长鸣，一声声按下，久久不肯停下来喘息，直刺向人的耳膜，烦躁了每一颗心，突突兀兀地跳动。

（B）但沉睡的小街偶尔会有一窗坚守的灯，白亮亮地照着夜路。那是夜半还在写字的我。有时，我会从阳台向夜色中的小街张望，寻找一样和我亮着灯光的窗口。那时，我是孤寂的，因为我的眼前沉静如海，悄然无息。进入夜晚，小街竟然连一辆车都罕见打扰。他竟然可以和怀里的人们，一起舒展四肢，抛却红尘万般事端，就这样沉沉地睡去。

3．本文的标题为“一条小街的声音”，而不是“一条小街”，哪个标题更好？为什么？

4．本文中的小街如此幽静怡人，你是否也有这样的记忆呢？请联系自己的生活实际谈一谈。

参考答案：

1．本文描写了作者居住的一条小街。通过声音的变化讲述了小街从早到晚直至入夜后的样子，间接呈现了居住在这条小街上的人们烟火气息十足的凡俗生活，表达了作者对小街的喜爱之情，还有对安定美好生活的真切感受。

2.（A）使用了拟人的修辞手法。生动描写了小街路窄，因为赶着上学的人潮车流发生了拥堵，一时间无法流畅通行，小街像人吃东西嗓子被噎住了一样，吞咽困难。

（B）拟人化描写。在还挑灯夜读的作者眼里，午夜的小街安静的没有一点声音，它像人一样进入睡梦之中，舒展四肢、放下心事，沉沉酣睡。

3．本文标题“一条小街的声音”更好。作者没有直接去写一条小街，而是从声音这个侧面入手，采取拟人化手法，将小街的白天和夜晚、安静和嘈杂、居民的生活状态都通过声音生动地表现了出来，既有声音，又有画面感，让读者有身临其境之感。这种从一个点上切入的写法另辟蹊径，比直接描写一条小街要高明许多。

4. 我们生活的城市或乡村里，都多多少少会有这样的小路或小街存在。它们不是主路，路面不宽，但是年代久远，树荫繁茂，安静怡人，居住着日出而作、日落而息的人们。小街默默守候着生活在这里的居民，相邻相伴，给人们留下了美好的回忆。

一只亡命出逃的螃蟹

一

（1）十几只螃蟹在昨夜的争斗中已缺臂残腿。

（2）我端起盛放它们的盆子，往打开火的蒸锅里用筷子夹着安置它们。这是一个抗杀与反抗杀的残忍过程。手忙脚乱地盖上盖子，耳听着一阵猛烈的踹门声。这些家伙，愤怒至极，用着最大的蛮力在左突右冲。

（3）声音下去些的时候，我悄悄揭开盖子一侧，想看一看究竟。就在这么一会儿工夫，一只大个的螃蟹四只爪子勾住了锅边，以迅雷不及掩耳之速跳将下去。

（4）盖子跌回锅上，我慌乱地举着筷子赶快追踪。只见它在灶下一路飞速横行，就在我的眼皮底下不见了踪影。

（5）一只夺路而逃的螃蟹。

（6）我把灶边堆集的塑料袋全部刨出来，无果。又用扫帚在橱柜下面扫荡，仍旧空空。这个逃跑的家伙会去哪呢？直到上锅之前它还在动个不停，张牙舞爪，怎么这会儿倒能屏气凝神，学会潜伏了？

（7）香气很快自锅中飘出。而那只螃蟹，它应该躲在厨房的某个角落暗自庆幸。和它打架的那些同伴已全部成为餐桌上的美味，而它，依然逍遥法外。

二

（8）我是那只越狱的螃蟹。

（9）从进入这个家开始，我和同类们就开始了真枪实弹的争斗。没有螃蟹比我更强壮，它们一一被我摆平，俯首称臣。可惜地盘太小，不过是个水盆而已。我想念黄河口的广阔天地。再给我些时日，我将长得更为健壮和硕大，成为王者的时代就在不久的将来。可惜，我被那只网捞了上来。

（10）这个女人很笨。她不应该有一颗好奇的心。她不懂得哪怕有一丝松懈与犹疑，也会给对方以喘息之机、反击之力。我就是成功抓住那个可贵的瞬间逃掉的。

（11）只要生命还在，一切皆有可能。而那些蠢货，它们即将被喂进一个放学回来的半大男孩口中，连个全尸也留不下。

（12）现在，我隐蔽在厨房的一隅，蓄势待发。忍气吞声不是我的性格。我得报复些什么。

三

（13）放学回家一进门，我就闻到了清蒸螃蟹的香气。在饭桌上大快朵颐之际，妈妈告诉我，有一只螃蟹潜逃了。

（14）这真是件有趣的事情。在学校的沉闷心情一下子变得兴奋起来。

（15）我把厨房的门关得紧紧的，避免那只螃蟹溜出来周游各室。

（16）晚上躺到床上，我一直无法入睡，侧耳捕捉着来自厨房的声响。没有，什么也听不见。我带着迷惑和惊疑，渐渐进入梦乡。

（17）早晨醒来，第一件事情就是询问螃蟹的行踪。妈妈无所谓地随口说还没有出现。

（18）它去了哪里？没有水的螃蟹能坚持到什么时候？我想对它说，出来吧，不会再有人伤害你，你将作为我的宠物，与我的乌龟比邻而居，愿意活多久都可以。

（19）晚上我的台灯怎么也按不亮了。我检查完插座，再循着电线望去，我终于看到了那只亡命天涯的螃蟹。原来它就在那儿。

（20）它的大钳子牢牢地夹在电线上，那条胳膊直挺挺地舒展着。它的造型真酷。

（21）它钳破了我的台灯电线，触电身亡了。

1. 赏析本文标题的作用。

2. 理解下面句子的含义。

从进入这个家开始，我和同类们就开始了真枪实弹的争斗。没有螃蟹比我更强壮，它们一一被我摆平，俯首称臣。可惜地盘太小，不过是个水盆而已。我想念黄河口的广阔天地。再给我些时日，我将长得更为健壮和硕大，成为王者的时代就在不久的将来。可惜，我被那只网捞了上来。

3．本篇文章共用了三个人物来作为第一人称，分别是谁？你感觉作者的这种写法好吗？谈谈你的看法。

4．文中以“孩子”的口吻写就的部分，有哪句话表现了“孩子”的天真无邪、善良纯真？

参考答案：

1．直接指出一只螃蟹的命运。标题新颖，能激发读者的阅读兴趣，吸引着读者一探究竟。

2．这段话描绘出这是一只无比强壮的螃蟹，它好斗，强壮，在这一堆螃蟹里独占鳌头，无可匹敌。但是，却无奈到人家的一个水盆里，面对有可能被吃掉的命运，它不服气。

3．作者一篇文章里共用三个人物的第一人称来写，分别是妈妈、一只强壮的螃蟹和儿子。我感觉这种写法很新颖，生动有趣，吸引读者。通过三个人物来分别讲述事件经过，层层递进，刻画了烹饪它的“厨师”、作为食物的螃蟹、还有准备吃它的“食客”的三种不同心理，把一个螃蟹逃跑事件完整地呈现了出来，构思很精妙。

4．“我想对它说，出来吧，不会再有人伤害你，你将作为我的宠物，与我的乌龟比邻而居，愿意活多久都可以”。

记得当时年纪小

（1）也不知为什么，在这个清冷的深夜里想起旧人飞鸟，心就开始沉沉坠去，几乎沉到无边的夜色中去。

（2）飞鸟曾经是我校园里的死党之一。那个时候，我们初成少女，心中是有着无限的憧憬和对所谓爱情的向往，班级里的男生大概都在我们心中一一虑过，谁长得帅，谁学习好，谁比较幽默，谁又比较嘴甜，等等标准不一而足。但那个时候的小女生是不敢真正意义上去涉足早恋禁区的，我们能做的事情，就是下课后不回家，坐在校园偌大的操场上窃窃私语，那些现在想起来乳臭未干的毛头小子一直是当时我们津津乐道的对象。

（3）飞鸟那时暗恋着一个男生，是我们班里的权威人物，当时那个班长剑眉星目，做事沉稳，颇有几分早熟的意味，飞鸟暗恋上他也不足为奇。她每次都拉着我这个听众，琐碎地讲她每天的感受，陶醉或者迷惘，喜悦或者忧伤。我还看到过她给他写下的日记，鸡毛蒜皮，风吹草动，一颦一笑都在上面。我现在是一丝也记不得那些内容了。我想飞鸟也大抵如此。在这样一个突然回忆清晰回放的深夜，我是那么想念着那些朦胧青涩的文字，不知那些盛放着少女一颗敏感之心的日记，现在遗失飘零到哪里去了，那些历经岁月的墨痕，那些幼稚天真的笔迹，如若被旁人不经意瞥到，会发笑，还是木然弃入风中？

（4）记得当时飞鸟有一双半高跟鞋，但在当时穿上它已是很招摇了，她往往就扭动着小腰，款款地走上讲台去算题，或者在众目睽睽之下穿过讲台走出教室或是走回座位。那样的一双半高跟鞋，在我，也是心存无限渴望的，这种渴望的折磨导致我在后来的某一天斗胆偷穿了母亲的皮鞋。那是一双棕色的鞋子，它的真实面目我已无从考证，因为它们也已不知踪影，但它留给我的全部印象就是心跳，是我心中至今难以企及的关于美好感觉的标准。可惜那时我的脚还没长到三十八码，皮鞋质硬，无法跟脚，走起来自然是踢踢踏踏的。我想了一个主意，在它们的前头塞上纸团，就愣是那么生硬地踩着它们，自我感觉良好地走来走去，真的就觉得自己美了许多。

（5）这个秘密潜在我一个人这里多年了，没有人知道初二女生的我曾偷穿了母亲的鞋，而母亲更是毫无察觉。如果不是在这个深夜里清醒地望向岁月深处的校园，我以为关于它的记忆片段早就随风而去了。而现在我的皮鞋、高跟鞋鞋盒一直都摞到了屋顶，旧的未坏新的又来。母亲唠叨之下无可奈何，她现在只穿我淘汰的旧鞋子，一把年纪的人了，踩着一双有跟的模样前卫的鞋子摇摇晃晃，我看了真的于心不忍，也真的替她担心。好言规劝，她反而要反唇相讥，你买了这么多鞋子又不穿，难道都要白白扔掉？我在心中暗自还嘴：要不是你当年压抑我的爱美之心，早点像飞鸟一样有双哪怕是劣质的高跟鞋子，我今日的爱鞋心切也不至泛滥至此呀。但终是没有说出口。母女世界早已乾坤颠倒。而岁月又何曾停止过改变我们的魔手呢，就像飞鸟当时暗恋的那位人物，现在他的孩子和我的孩子在同一所幼儿园，我几乎每天看到他，五短身材，略微发胖，满院子追着儿子求着喝一口水。这样的他淹没在人潮中，不会引起任何的人注意，不知飞鸟见了有何感想。一个好父亲，却不再是当年飞鸟梦中的英俊少年，那个套着光环的男生班长。

（6）其实好像也应该回忆一下我自己青春期的情感。但是它真的模糊。那时的我几乎自闭到不和男生说话，腼腆到万一和他们说话就会脸红的地步。那时和我有过往来的男生，也就是言语或者交流上往来的男生，大概就是我初三时的同桌。记得他曾经给我推荐过一本琼瑶的书。当时校园里刚有琼瑶的进入，而且还只是她的早期作品。幸好我彼时读得不多，也幸好我在读了《窗外》之后没有发生什么师生恋。我的同桌给我推荐的是《风铃》，我们把它藏在课桌的抽屉里，一人分左右手分别捏着半边书，台上老师在讲着枯燥的物理，台下的我们却在埋头苦读琼瑶。《红楼梦》大概也是那时看的，懂倒是没读懂，但却学会了作诗，作古诗七律，押韵就行，也作琼瑶式情诗，洋洋洒洒，写了有几百首。倒是留着当时的诗歌本，翻的已然有毛边。无数的感叹号，还有省略号，言之不尽，心有灵犀，何以表达，唯有省略。真难以想象，如果不让学生们写诗，不知要把他们憋闷成什么样子。我至今在想，诗是我们走向文学的第一道门槛，写诗几乎是每一位走过青春的人所共同做过的事情，诗歌同青春同在，是青春的代名词。

（7）那个时候除了我，我身边要好的女同学也都写诗，我的同桌也写诗。彼此却不交流，不过是自娱自乐、自说自话而已。同桌是个爱笑的男孩，本来不大的眼睛一旦笑起来就成了一条细缝，脸上还长着不少的青春痘，男生们给他起外号“土豆”，所以到毕业之前我就很少听到过他有名有姓的称呼。至今我不明白土豆和他有哪些地方相像，所以我还是在此把他唤作我的同桌。其实单就身高来说，我们做同桌是有些勉强的。他才进班里时甚至比我还要矮些，噪音也没变。后来只一个暑假回来，他高出了我整整一头，长到了一米八。这种长法颇让我有些愤愤不平。同桌是个敏感的男孩，佐证是他看完了《风铃》之后写了一首大意是船的短诗，有一句大意是“而我，走遍天涯，只有你与我做伴”之类的诗句，恰好让我无意间翻到，做贼似地给他放回去，心还在怦怦狂跳。在当时，这就够得上是隐私一级的了。那节课大概我是没上好的。

（8）“记得当时年纪小，你爱谈天我爱笑，不知不觉睡着了……梦里花落知多少”。多少年已过去，昔日的同窗，竹马还有青梅，而今已似飞散的蒲公英，飘零四方。而我，一个他们当年也许就不曾留意的腼腆女孩，在今夜，真的待在原地，重温旧梦。虽然青春已落幕，但是有我今夜在此掀起青春的幕布，替他们记取他们年少的一刻。

（9）也许过了今夜，我将不再回首，但今夜真实的存在过。彻夜不眠的文字见证了一切。

1．本文写了什么事？请用简洁的语言来概括。

2．从语言表达角度赏析下列句子。

在这样一个突然回忆清晰回放的深夜，我是那么想念着那些朦胧青涩的文字，不知那些盛放着少女一颗敏感之心的日记，现在遗失飘零到哪里去了，那些历经岁月的墨痕，那些幼稚天真的笔迹，如若被旁人不经意瞥到，会发笑，还是木然弃入风中？

3．本文结尾处引用三毛文章里的诗句“记得当时年纪小，你爱谈天我爱笑，不知不觉睡着了，梦里花落知多少”有什么表达效果？

4．作者回忆了不多带有学生时代烙印的趣事，如暗恋、偷穿母亲高跟鞋、课堂上不听讲看课外书、写诗等。你怎么看待这些青春期里做过的趣事？

参考答案：

1．作者在深夜突然想起少年时代的同窗飞鸟，通过飞鸟的暗恋、自己偷穿母亲高跟鞋及与绰号“土豆”的同桌之间懵懂的感觉，回忆了初中时代的青葱岁月，寄托了无限感慨和怀念。

2．作者文笔优美而略带伤感，想起那个敏感多梦的少女时代，想起那些记录少年情怀的笔墨，虽然幼稚却是珍贵，通过追问，暗自叹息。

3．（1）揭示和突出文章的主旨。写出了对青春岁月里年少无知、同窗之间两小无猜的追忆，表达了对青春一去不复返的怅然若失与感怀。（2）诗句与文章题目、文中回忆的事情相呼应，结构完整。

4．每个人的学生生涯，都难免经历一些事，那是青春期特有的阶段。只要不违反校规校纪，不做出格的错事，像文中那些事情，写诗、读课外书、朦胧的情感、臭美等，都会在日后回忆时，成为美好青春的一部分。（大意接近即可）

纠结的老巢

（1）在这样一个渐热的初夏，焦虑包围着如我一样的大群中年人。

（2）群里，每天都有半夜不睡聊天排遣的，有天不亮就发图擂鼓助威的。图片点燃三炷香，文殊菩萨来保佑。坚持走到六月九，能考 699……其实，每一个标点符号都离不开牵挂与揪心，只有两个字渐紧渐促地敲打着为人父母的心脏——高考。

（3）一周吗？哦，还有一周。反而淡定下来，便如等待最黑的长夜即将过去，近在咫尺的曙光已笃定在望。甚至看到曙光的背后，是不期而遇的离别。

（4）雏鹰羽翼渐丰，正待振翅离巢。

（5）他还是幼童的时候，脸蛋肉圆，甚至有着可爱的婴儿肥。那个时候的他，难养程度堪比乖孩子数倍，调皮捣蛋到人见人愁。

（6）从不会走时坐婴儿车上吃饭，到整澡盆玩具全轮着玩厌扔满一地，那小嘴便死活也不再张开了。

（7）会走会跑了，便成了追逐战，逮着堵着泥鳅一样的他，才能塞进一口饭，保不定还给你吐出来。

（8）跟妈妈去赴宴，他爬到餐桌下面去挨个摸一桌人的脚。

（9）度假村住两天，朋友们见到的是一个一生气就揪她长发的小魔王，上蹿下跳，吵闹到爆。

（10）一年级的顽童，每每放学回来放着两条结实的小腿不用，偏要从电梯里小兽样爬将出来。

（11）你让他见到老人说奶奶好，他就一脸孬笑冲老太太喊着奶奶坏……

（12）时间如何暗自偷走了一个孩子从咿呀学语到青葱少年的十几年？姥姥说他已从小浣熊变成了小狐狸。而今他站在你的面前，恐怕当年那些为他妈妈暗自发愁的叔伯阿姨们再也不会把他认出来。

（13）瘦削清朗的脸蛋，斜飞的丹凤眼，悬胆鼻，薄嘴唇，腹有诗书，彬彬有礼的样子。

（14）那个仰着头拉你衣襟的孩子不见了，站在身边的是一个低头俯视你的小伙子。是的，他是美少年，小鲜肉，帅哥一枚了。

（15）他很酷地对我说，妈妈，不要揭我小时候的老底，多没面子。由是，他的阿姨敢拍着胸脯对所有因为孩子顽劣而伤透脑筋的年轻妈妈们说，别担心，船到桥头自然直，长大了就都好了——这是从他身上得出的最可靠的结论。

（16）高考前放假两天，是他跃向龙门的最后一次休憩。清晨，他睡得香甜，那张从小睡到大的实木床似乎快容不下他的长腿了。然后，我见到家长群里一位母亲秀道，最幸福的事就是和儿子在一起。我深以为然，直想往后补一句——最幸福的事，就是看着儿子无忧熟睡，从小豆芽长成了一米八，什么高考，都是浮云。

（17）可我还是忍住了，没敢嘚瑟。

（18）送他到校的路程格外的短了起来。下车关门的瞬间，他乖巧一笑，道妈妈再见，转身向校门走去，背影挺拔，脚步轻快。我没有下车，目送了他一会儿，开车离去。一周后见啦儿子，那将是美好暑假的开端了。

（19）我慢慢地、慢慢地了解到，所谓父女母子一场，只不过意味着，你和他的缘分就是今生今世不断地在目送他的背影渐行渐远。你站立在小路的这一端，看着他逐渐消失在小路转弯的地方，而且，他用背影告诉你：不必追。

（20）不必追，不必追。龙应台在《目送》里感悟到这句话的时候，心情必和天下所有的母亲们一样复杂。

（21）家长群还是在喧哗里透着团雾般的焦虑，我想他们的大部分担忧和唠叨都是小家伙们所不屑的大惊小怪，而同仇敌忾的父母们也只能在这里挤着寻求温暖与力量了。过不了几天，过不了两月，这将是一片忧伤的老巢，一扇扇窗户打开，小鹰们就陆续放飞了。即使跌跌撞撞，他和她也不会回头。天空是对他们最大的诱惑。家园已在身后。

（22）那么，孩子，在此，我将信任郑重交予你。我们的孩子，请接受来自老巢里最深的祝福吧。

（23）少年无畏，少年必胜。

1．文章标题《纠结的老巢》表达的是一种怎样的纠结之情？请用你的理解来说一说。

2．结合语境，解释下列画线句子的含义。

过不了几天，过不了两月，这将是一片忧伤的老巢，一扇扇窗户打开，小鹰们就陆续放飞了。即使跌跌撞撞，他和她也不会回头。天空是对他们最大的诱惑。家园已在身后。

3．文章第19段引用了龙应台《目送》里的一段话，“我慢慢地、慢慢地了解到，所谓父女母子一场，只不过意味着，你和他的缘分就是今生今世不断地在目送他的背影渐行渐远。你站立在小路的这一端，看着他逐渐消失在小路转弯的地方，而且，他用背影告诉你：不必追。”这句话有什么表达效果？

4．文章标题和行文中，几次都使用了“巢”字，如“雏鹰羽翼渐丰，正待振翅离巢”“过不了几天，过不了两月，这将是一片忧伤的老巢”“我们的孩子，请接受来自老巢里最深的祝福吧”等。“巢”字和“家”字比，哪个更有表现力？为什么？

参考答案：

1．原本这个“巢”里，是父母孩子一家人，孩子自小在此长大，一直在父母视线范围内被呵护着。但是，孩子终有长大成人的一天，这一天就是在高考完成之后。高考结束，就是即将与父母离别的序曲，他们将走向大学，独自生活和学习去了。作为父母，既欢喜，又不舍；既希望孩子成人独立，又对即将到来的分别感到伤感失落。这种心情很复杂，很纠结。

2．这段话，说的是高考结束后，原来在家中和父母厮守的孩子们，如渐渐长大的小鹰一样，翅膀硬了，即将远走高飞，离家而去。表达了家长们的一种离愁别绪。

3．文中所引用的龙应台那段话，是很经典的一段讲述父女母子关系的话，说明著名作家也和诸多普通的父母一样，面对着儿女长大成人后离去的背影，暗自失落。而作者同为母亲，目送儿子走进校门的背影，和龙应台在这段话里表述的心情一样。引用著名作家的话语，更有力地佐证了“可怜天下父母心”。

4．“巢”字比“家”字更有表现力。用这个巢字，将孩子们的原生家庭比喻成小鸟的巢穴，把孩子们长大离家形容成小鹰羽翼丰满振翅高飞。这样的比喻，描述更为生动形象，富有表现力。

呼兰河畔觅惊鸿

（1）隆冬飞雪的季节北上哈尔滨，专程来到心仪多年的呼兰县萧红故居。此后数月提笔不成，只是怕枉负了那一缕早逝的芳魂。

（2）萧红，三十年代著名的左翼女作家，不仅因其传世小说《生死场》《呼兰河传》《小城三月》等而蜚声海外，被鲁迅先生赞赏为“最有前途的女作家”，更因其与作家萧军、端木蕻良的怨偶佳话，而平添了几许风流与哀婉的色彩。

（3）汽车从大桥上呼啸驶过，桥下是那条养育了女作家和她父老乡亲的呼兰河，此刻冻结了流动，冰道蜿蜒，直伸向苍茫的东北平原。又一批远客来寻访她的女儿了。

（4）呼兰县是一个普通的东北小城。拔地而起崭新的楼群，古朴简陋的民宅院墙，揣手在袄袖中戴着狗皮帽子的东北老汉，挂着弯曲发卷打着摩丝装扮一丝不苟的农家女孩……拥挤的菜市场充斥喧嚣的叫卖吆喝声，驴车单调寂寞的蹄音踏响清冷的深巷……

（5）这就是作家笔下当年“人和动物一起忙着生、忙着死”上演轮回悲剧的生死场？小城熟悉又陌生，坦然接受着我的打量。这就是萧红生长的家乡，盛产大豆高粱的地方。城外那条呼兰河也因为萧红的缘故成为客人神往的所在。今天，我们终于踏上了这块黑土地。

（6）故居在一条不起眼的巷弄里。旧式房舍，灰砖灰瓦，古老的大院幽深而静谧。院内有萧红静坐深思的白色塑像，忧郁的大眼睛凝视着前方。其身后房舍是1985年呼兰河萧红研究会集资修复的一部分，陈列着萧红的遗物——童年用过的饭桌、书柜、梳妆台等，还展出着萧红的作品、手稿、生活照及纪念萧红的文史资料。

（7）我的目光长久地停留在那些保存下来的旧照中：年轻的二萧合影，萧红偎着端木幽不可测的双眸，还有那葬于香港浅水湾畔的孤墓。

（8）命运多舛的一代才女，其颠沛流离的三十一年，已是昨日梦中飞远的蝴蝶……想起萧红病危弥留之际的遗言："我将与长天碧水共处，留得半部红楼给别人写了……半生尽遭白眼冷遇……身先死，不甘，不甘！"心中不由涌起浓浓的惆怅。仔细想来，其实每一位热爱萧红的海内外人士，无不对这位才华横溢、华年早逝的女作家怀了一份怜惜，掬上一把辛酸泪……

（9）萧红的作品清新耐读，"北方人民对于生的坚强，对于死的挣扎，却往往已经力透纸背。"（鲁迅为《生死场》所作序言）。萧红身世曲折，寂寞的童年与祖父相依为命的小姑娘，抗婚离家出走的少女，饥寒中流落街头的年轻女人，与萧军六年苦恋，跟随端木蕻良远赴香港客死他乡……或许正是她传世的作品与传奇的经历成为她不泯的魅力。

（10）推开那扇虚掩的木门，梦萦魂牵的后花园骤现眼前。白雪覆盖着荒芜的草木，不见旧日的蜻蜓、蚂蚱和蜜蜂，还有小黄瓜、大芮瓜、小白菜，这里曾是一个女孩子的天堂呵。而今"老主人死了，小主人逃难去了……"

（11）故居馆长孙延林先生陪着我们谈了很久，仔细解答了我们关于萧红的几个疑问。停留的时间很久了，暮色已悄然袭近，我们还在徘徊。一行三人相顾无语，彼此感慨尽收眼底。

（12）萧红呵，我们来自北京，来自那文学的圣殿鲁迅文学院，对鲁迅的崇敬对文学的痴爱使我们的心灵不再漠然和陌生。而当春天来临的时候，我们却只能在先生的名字和光环底下遥想北国你的芳踪，追寻你漂泊的心旅……古老的宅院，奔流不息的呼兰河，可曾看见你的女儿魂归故里，投向你的惊鸿一瞥？

（13）冥想中，身旁的诗人老兄低吟起他的诗篇：*化作一缕春泥　多少年啦　循着足迹　我们走向你　寂寞的童年　故园的春色　也关不住的一枝红杏　到底在哪里　呼兰河的仙草　独秀南园的春心　永远微笑　凝固的春心　当然不会衰老　木门敞着我们又听到后花园的花卉们　窃窃私语……*

1．文中第一段“隆冬飞雪的季节北上哈尔滨，专程来到心仪多年的呼兰县萧红故居。此后数月提笔不成，只是怕枉负了那一缕早逝的芳魂”，短短几句话，拆分来看，作者表达了什么？

2．文章语言生动，富有表现力，请具体欣赏下面的句子。

（1）呼兰县是一个普通的东北小城。拔地而起崭新的楼群，古朴简陋的民宅院墙，揣手在袄袖中戴着狗皮帽子的东北老汉，挂着弯曲发卷打着摩丝装扮一丝不苟的农家女孩……拥挤的菜市场充斥喧嚣的叫卖吆喝声，驴车单调寂寞的蹄音踏响清冷的深巷……

（2）萧红身世曲折，寂寞的童年与祖父相依为命的小姑娘，抗婚离家出走的少女，饥寒中流落街头的年轻女人，与萧军六年苦恋，跟随端木蕻良远赴香港客死他乡……

3．文章通过到访萧红故居，讲述了萧红的哪些方面？表达了作者一种什么情感？请用简洁的语言来概括。

4．谈谈你对文章题目《呼兰河畔觅惊鸿》的理解。

5．文中哪几段与题目相呼应？为什么？

参考答案：

1．第一段短短几句话直接点出了文章的主题，奠定了整篇文章的基调。（1）点出了天气氛围，是一个“隆冬飞雪的季节”；（2）点出了作者的目的地，是“呼兰县萧红故居”；（3）点出了作者的向往之情，“专程来到”“心仪多年”；（4）点出了作者对行文的忐忑之情和对萧红的尊敬之情，如“此后数月提笔不成，只是怕枉负了那一缕早逝的芳魂”。

2．（1）运用排比句和反衬手法，写出了萧红故乡呼兰县的街景，有现代与古朴并存的建筑，有传统与时尚并存的乡亲，有热闹与冷清同在的氛围。（意思对即可）

（2）运用排比句，将萧红从小到大的经历几句讲出，突出了她的身世坎坷曲折。

3．文章通过写到访萧红故居，写了她故乡呼兰县当下的样子，看到故居里的陈设，睹物思人，追忆了她的作品和她的命运，即“传世的作品与传奇的身世”，表达了作为文学后人对前辈的景仰之情，以及对“命运多舛的一代才女”的怜惜之情。

4．文章题目精妙，高度概括了整篇文章的主题，即作者到呼兰河畔追寻逝去的芳魂，“遥想北国你的芳踪，追寻你漂泊的心旅”。萧红英年早逝，用惊鸿形容很是贴切。

5．文中最后的第（12）、（13）段与题目相呼应。字里行间似乎写到萧红已魂归故里，悄悄抵达了后花园，向呼兰河投来了惊鸿一瞥，令人无限遐思。

出走的钥匙

（1）它们终于成功地弃我而去，就像是早有预谋一般。

（2）我想这是它们集体意志的结果。无论怎样，我想不起来最近我在哪一点上怠慢了它们。但是这些被我曾经牢牢裹在红色钥匙包里的家伙，在贴身跟随了我一年零七个月之后，开始蠢蠢欲动，心生叛变之意。就算平日里我的手心透过皮层每每热捂着它们的身体，它们还是毫不领情。

（3）这使我一次又一次想起桑麻兄的名篇《想家的钥匙》。在他的笔下，那些钥匙是恋家的钥匙，是深怀感恩之心的钥匙，是与主人心心相通的钥匙，它们的忠诚深深地打动了我。而恰恰我的钥匙不是这样，此后的种种迹象表明，我们之间的情感仅仅是我的一厢情愿。它们两天之内，一而再，再而三的，要从我的身边逃开。

（4）那天下午，我才从大山深处开会归来，拖着一堆沉重的器材回到办公室的门口，它们竟然没有如期现身。

（5）心就一下子空茫茫的了。同事帮着撬了半天门，身份证信用卡都折断了，门还是不见丝毫松动。对它们的想念，开始虫噬一般折磨着我的神经。那并列着站队的大小七八个兄弟，分司着里面不同的抽屉和保险柜。挟着分别的意味，它们的模样浮现眼前，分外惹人爱怜。

（6）那个下午，我终于放弃了进办公室的想法，打道回府去收拾行囊里的衣物。在我神情黯然的层层剥离之后，空荡荡的包底，它们，赫然重现天日，再也无处藏身。

（7）于是，我用整个掌心满满地握住它们，体验着失而复得的狂喜，宝贝似的不肯松手。我往钥匙包里塞进几张零币，叫上儿子，出门去买一张最新出版的报纸，那上面，应该有我的拙文。广场上正好赶上秋千架闲着，儿子抢上去玩耍，我则坐在就近的石凳上，报纸入眼，一切充耳不闻。不觉天色渐晚，再抬头，孩子不见了，很不情愿地起身去寻。及至回家，还没来得及换上拖鞋，冷汗就冒了出来。放下报纸的我，竟然发现两手空空。

（8）短短不到一个小时，我又一次把那些钥匙弄丢了。或者说那些钥匙又一次要以这种方式与我诀别。转身疾跑回去，心怦怦乱跳，鞋跟跑歪了，近了，近了，人群纷乱，那条石凳上，空无一物。我捂住岔气的肋骨，好不心惊。难道，它们真的是不想活了？离开了我，它们还有别的意义吗？那一刻，我感受到它们想要离去的意志。但是，当我犹疑着走近附近一个钓鱼的摊子，我竟然又眼睁睁看到它们从陌生男子自行车上挂着的塑料袋里被拎了出来。

（9）它们，再一次被我握在了掌心。我连声道谢，满怀敬畏地牵着它们冰凉的手回家。那个晚上，我像供宝贝似的，把它们摆在一进门最显眼的鞋架上，我再一次对自己说，要看牢它们，要善待它们。

（10）第二天早晨，睁开眼睛的第一件事是下意识地到客厅里查看它们是否安在。上班时，我一遍又一遍在使用完后将它们摆到电脑旁边伸手可及的地方，心似惊弓之鸟般始终惴惴不安。工作的八个小时，它们一寸也没有离开过我的视线。黄昏六点半的时候，我骑了摩托车去接下课的儿子。这一次，我把它们紧紧地锁在车座下。五分钟后我回来，车座整个被撬开了，它们了无踪影。

（11）与它们同路的，还有我的手机、身份证、医保卡和钱包。发了很久的呆后，我知道它们是真的就此走了，再也不会回来。

（12）想念它们的夜晚，注定我无法入睡。回想钥匙两天内一次比一次剧烈地出走，觉得是有种冥冥之中的力量在召唤着它们，不肯再让彼此长相厮守。我不知道我的钥匙为什么最终要假以一只窃贼的手，将它们轻蔑地抛至草荒丛生的地下，从此无家可归，重返天地之间。难道，没有家的钥匙，还算是钥匙吗？它们，就这样失去了生命。令我防不胜防。

1. 谈谈你对题目《出走的钥匙》的理解。
2. 本文记叙了钥匙的几次“出走”事件，请你简要概括。
3. 文章开头有什么作用？
4. 文章第（3）自然段的作用是什么？

参考答案：

1. 题目拟人化。按说钥匙是物件，不可能如人一样“出走”，但是作者用上“出走”这一动词，将钥匙拟人化了，充分暗示了钥匙主动离开主人、离家出走的行为，也完全概括了全文要表达的主题，十分精妙。

2.（1）开会回到办公室，不见了钥匙，之后收拾行囊，在包底发现了它们；（2）拿着钥匙出门去买份报纸，坐在石凳上等儿子玩耍，之后起身去找他，回到家发现两手空空，跑回去寻找时被陌生人归还；（3）黄昏下班时，“我”骑了摩托车去接下课的儿子。结果五分钟后回来，车座整个被撬开了，被锁在车座下的钥匙连同提包等贵重物品全部丢失了。

3. 文章开头第一段“它们终于成功的弃我而去，就像是早有预谋一般”，高度概括了全文的主题，引发了读者的好奇之心。接下来，通篇都是在追忆钥匙们“集体出走、早有预谋”的事情。

4. 第（3）自然段的作用是承上启下。承接了上文“我”对钥匙们不敢怠慢，“平日里我的手心透过皮层每每热捂着它们的身体”，引出了“它们还是毫不领情”，和别人家“想家的钥匙”不同，它们和我的感情全是“我”自己的一厢情愿，它们两天之内，一而再，再而三的，要从“我”的身边逃开。

架　势

生活中很多事情需要架势侍候。

架势常和“摆”放在一起用。摆架势，就是前奏夸张，隆重，一招一式铆足了劲。

做给别人或者自己看，一定不低调。

儿子近年喜欢收藏，一些古币，貌若脏兮兮的，生着暗锈，被他宝贝似的反复摩挲把玩。他把它们收藏在一个个废物利用的塑料瓶或者袋中，零零散散的一堆，再小心地锁到学习桌边的小抽屉里。

夏天这个小区夜里发生了一起入室盗窃案，儿子最先有反应，他很担忧他的古币。尽管在我眼里它们为数稀廖，且不知真假，无足轻重，但那却是儿子全部的财富。

儿子说，他想让我给他一个保险柜。

起初这个问题听来很可笑。不过转念一想，答应他又何妨。

有了保险柜和密码锁，儿子收藏的爱好没有像其他兴趣一样说丢弃就随手一扔。零散的收藏有了安置，他更热火朝天地四处网罗那些小旧钱们，就如同要给金碧辉煌的宫殿添置些像模像样的摆设。

那个沉重的大家伙每天蹲守在那里，多么郑重其事，想想都不可能半途而废。他要对得起这个保险柜。

这架势，小鞭子一样赶着儿子奋勇直前。

一位朋友业余时间教授孩子们书法。其中一个学生始终不见长进。因为家境平平，他的母亲一心想着速成，问老师有什么方法早日提升水准。

朋友居然答曰，买最好最贵的宣纸来练。

之前学生每日拎着个破毛笔，在一本本已用过的废纸上比比画画。他的心情，同这不值钱的烂纸一样，潦草而不经意。

贵重的纸张铺开在他的面前，泛着幽幽木香，纹路清晰可辨。他的手抖了一下，不能轻易挥毫。提气屏息，生怕浪费了母亲用真金白银换来的高级货。

把每一次书写都当成了出作品的架势。学生的字很快让他的母亲露出了欢颜。

架势的影响体现在感情上，可能更多寻味。

没钱没房而裸婚，是现今生活重压下的权宜之计，必须是在不得已而为之的情况下，才可以一试。

如果两个人拿出全部身家，尽其所能而铺排，估计他们轻言分手的概率会小一些。舍得那些付出和投入吗？不说感情上的，就仅是物质上的，也总要权衡再三的。

而裸婚的两个人，一语不和，尽可以提起自己的皮箱，卷起铺盖卷拔腿走人。

架势差不多是让人断了后路的。有架势和没架势差别绝对不一样。

好鞋提醒你要走好路，注意脚下泥泞。

好的护肤品要你不可怠慢了那张脸，珍惜容颜。

棉质的睡衣，阳光味道的枕被，严实的厚帘，好觉可以睡到自然醒。

这些物质的架势有时不可缺少。它们离不开钱。但是，有些事情即便平时节衣缩食，也是不要去省的。潦草的生活，难免一生潦草。

架势更多时候是心情上的架势。一个人以最充分的准备等待机遇来临。以最温暖的眼神接纳爱你的人和你爱的人。以最纯真的微笑回报那些受过的恩惠。以最虔诚的心迎接一场心仪已久的精神盛筵。

认真写字时，尽可能放在安静的下午，给自己泡杯热茶。然后，坐得舒服些，给心抚去那些尘霾和皱褶，笔下会开出率性而恣意的花。

人生许多时刻，须不吝架势。

现在，开场锣已响，曲拉得疾，弓扯得满，腿抡得圆。那架势端的，生生把看客引长了脖子瞪直了眼。万众期待的一刻到了。你无路可逃，就等那一声亮嗓破空而出了。

1．文中第2自然段“架势常和‘摆’放在一起用。摆架势，就是前奏夸张，隆重，一招一式铆足了劲”有什么作用？

2．本文详细写了哪几件事情来举例证明“架势”的重要作用？

3．请你任选一句赏析文中句子的表达效果。

（A）贵重的纸张铺开在他的面前，泛着幽幽木香，纹路清晰可辨。他的手抖了一下，不能轻易挥毫。提气屏息，生怕浪费了母亲用真金白银换来的高级货。

（B）他更热火朝天地四处网罗那些小旧钱们，就如同要给金碧辉煌的宫殿添置些像模像样的摆设。

4．你是否认同作者对于架势的观点？你理解的“架势”是什么意思？

参考答案：

1．第2自然段，承上启下。解释了作者文中“架势”的意思，很有动感。“前奏夸张，隆重，一招一势铆足了劲”，这就是摆“架势”。承接了第一自然段所说的“生活中很多事情需要架势侍候”，往下引出了摆架势对生活中一些事情的促进作用。

2．本文详细列举了3个例子来佐证“架势”的重要作用。（1）“儿子”收藏古钱币，因为买了个保险柜而更加提升了积极性，兴趣不再半途而废；（2）学生学习书法水平不见长进，改买了最贵的宣纸来练习，因为珍惜纸张，不再敢草率乱画，把每次写字当成了作品来写，水平飞速上升；（3）在感情上举例说明，如果两个人只是裸婚，很可能一言不合就拔腿走人，但是一旦拿出全部身家，反而顾虑较多，分手的机会也会降低不少。

3.（A）使用了细节描写、神态描写。描写了价格昂贵的纸张的样子，“泛着幽幽木香，纹路清晰可辨”，描写了学生的神态，“手抖了一下，不能轻易挥毫。提气屏息，生怕浪费了母亲用真金白银换来的高级货”。

（B）比喻手法。将保险柜比喻成金碧辉煌的宫殿，把儿子网罗小旧钱们的行为比喻成给宫殿里“添置些像模像样的摆设”。行文幽默，刻画了因为购买保险柜这件事，对“儿子”收藏古钱币的兴趣爱好所起的积极促进作用。

4. 我认同作者对于“架势”的观点。我感觉“架势”指的是仪式感，郑重感，敬畏感。即要摆出一个高调的姿态，要保有一颗虔诚敬畏的心，而非敷衍搪塞，马虎应付。一旦有了“架势”，做事就有了仪式感，更加郑重其事，更能促进事情往好的方向发展。（意思接近即可）